男装の華は後宮を駆ける

鳳凰の簪（かんざし）

朝田小夏

角川文庫
23995

目次

人物紹介

司馬芙蓉（しばふよう）

名家の令嬢。大叔母の皇太后から「文使い」を命じられる。身分を隠すため男装して事件捜査することに。師から学問を教わり、天才的な洞察力を持つ。

蒼君（そうくん）

芙蓉と同じく「文使い」の青年。芙蓉と連絡を取り合うが、その正体は謎。真面目で思慮に富み、礼節を重んじるが、ある理由から女性が苦手。

蓮蓮（れんれん）
芙蓉の侍女。後宮の女官たちと仲がよく、後宮の噂に詳しい。

李功（りこう）
蒼君に仕える護衛。忠実で気が回り、武術に長ける。

皇太后
後宮を司る皇帝の母。皇帝を陰から支える。華やかで豪快な性格。

呉皇后（ごこうごう）
皇帝の正妃。寵愛はなく、権力を握る貴妃を疎ましく思っている。

蔡貴妃（さいきひ）
皇帝からの寵愛が深い妃。皇后の座を密かに狙っている。

魯淑妃（ろしゅくひ）
腰が低く気の弱そうな妃。

晋徳妃（しんとくひ）
地味な装いだが美しい妃。

イラスト／ゆき哉

序

はぁと吐いた息が白く凝った。

一人の老人が、かじかむ両手を袖に入れ、弟子である三人の見習い宦官を引き連れて歩いていた。背は自然と丸まり、髭のない顔には冷たい風が吹きつける。五更（午前五時頃）の鐘はまだ遠い。

後宮で一番初めに起きる者といえば、水汲み宦官で、妃嬪たちが顔を洗う水を毎朝、汲みにいく。道々にできている凍った水たまりを踏んづけて割っていくのも彼らの仕事で、老人は十一から既にこの道一筋、五十年余りである。

夜は未だ闇色――。

星々はまばゆく、ひやりとした空気はどことなく神妙だった。

老人はこの年になっても陽のない時間の後宮に慣れない。見習いの頃に、幽霊がどこに出るなどと恐ろしい怪談話ばかりを聞いたせいだろう。だから急いで、左右を高い塀に囲まれた後宮の長い道を過ぎ、門を潜って後苑にある井戸へ向かう。

正月も五日。

薄靄(うすもや)が、さぁっと足元から湧いてきて、足をすくうようだった。八歳から十二歳のまだ慣れぬ見習い宦官たちはぶるぶると震えながら老人の後をついて来る。昼間見れば、なんということもない奇石がそびえ立つ後苑は、どこか辺境の岩壁に一人取り残されてしまったかのような不安をもたらす。

こういうときは、年長者が励ましてやらなければならない。自分の中の恐れなど隠して老人は言った。

「こら、さっさと歩け」

これが見習い宦官たちにかける最も親切な言葉であることは、年を経ないと理解できないだろうが、ここは急いで歩くのがよい。

後苑はしんと静まり、梟(ふくろう)の鳴き声ばかりが聞こえ、時折、羽音がするのはなんの音かと通る人々を怖(お)じ気(け)づかせる。木々はざわめき、冷気ばかりが首筋を通り抜けていった。

「なにをしている。さっさと水を汲め。夜が明けるぞ」

井戸端まで来ると、老人は少年たちを急(せ)かした。こんな場所には一瞬たりともいたくなかった。この井戸で死んだのは一人や二人ではない。三十年ほど前にも一人浮いた。

「あの……あ、お師匠さま」

一人の少年がおどおどと頭を下げた。

「なんだ。早く仕事をせよ」

「いえ……あの……その……」

「さっさと言えっ」

老人は少年の瞳（ひとみ）が自分の背後を見たのを感じて、ゆっくりと振り返る。少年は指差した。そこには――なにかが木にくくられゆらゆらとしていた。

「あれは――」

それが人であると気づくのに、老人には数拍の間が必要だった。

若い女だ。

宮人か女官か――。

それが、靴も履かずにぷらりぷらりと重たげに木に首を吊（つ）られているのだ。

さっと、老いた体から血の気が引いた。

恐怖が初めにやって来て、次に体が硬直するのを感じた。しかし、見習い宦官の一番年下の八歳の子供が自分の袖を摑（つか）んで震えているのを見ると、彼はすぐに立ち直る。

「衛兵を呼んでこい！」

子供たちにこの場は酷だ。三人は桶（おけ）を捨てて門の外へと駆けていった。すでに男とは呼ばれなくなって久しいが、老人はここで男気を見せなければならなかった。

彼はゆっくりと一歩、また一歩と首つり女に近づいた。

――これは……。

老人が見たもの――それは鳳凰（ほうおう）の簪（かんざし）を髪に飾った宮人の死体だった――。

第一章　鳳凰の簪

巳刻（午前十時頃）――。

「飴だよぉ。美味しい、飴だよぉ。飴はいらんかねぇ」

日は蒼天の真上に近づき、飴売りは客を呼び、器用に蝶々の形に作った飴を売るのに熱心だ。

絹屋の前には赤や青の反物が翻って、天秤棒の籠に野菜を詰めた農夫は額から大汗を掻いて通りを急いでいた。虹橋を行く船人足などは三人がかりで重い荷車を押して、ひいひいと驢馬が声を上げる。

「いい天気！」

丞相の孫で皇太后の大姪にあたる司馬芙蓉は、百万都市、麗京の街を西へと轎で向かっていた。皇宮に住む皇太后に正月の挨拶を兼ねた茶の誘いを受けていたからだ。

しかし、道は押し合いへし合いで、なかなか進まない。値段交渉している商人と買い手がやれ、

「もう一声！」

「いやいや、もうこれ以上はご勘弁」

と道の真ん中で夢中であるし、当然とばかりに路上で商いをする露店のせいで人がすれちがうのさえやっとだ。

芙蓉の気は急くというのに、五更から動きだしている街は、活気づいて轎をおいそれと前に進ませてはくれない。

特に芙蓉の住む皇宮の東側、東華門近くは店が多い一等地である。しかも、今日は一月の五日。麗京でも屈指の大寺、相国寺の市の日だ。

相国寺は弥勒像が有名で平素から賑わっているのに、正月はじめの市の日ともなればなおさらだった。人で道は混み合い、皇宮に向かおうとしている芙蓉の轎は人の流れに押されがちになっていた。

芙蓉は轎の帳を開けて通りをさらに見る。民の営みとは見ていて全く飽きない。金がある者もない者も必死に生きていて、それぞれに生活がある。こういう時に一人一人の顔を観察するのは悪くなかった。

「お寒くありませんか」

轎に従っていた侍女の蓮蓮が、外から芙蓉に心配げに声をかけた。

「天気はいいけど、空気はさすがにまだ冷たいのね」

「本当に。晩春を待たねば、暖かくはなりませんね」

「歩いてくれればよかった。そうすれば少しは暖かくなったのに」

「まぁ、いけませんわ、そんなこと。丞相さまの孫というご身分をお考えください。皇宮へ行くのに歩くなどとんでもないことです」

そうは言っても轎に座っているだけだと、一向に体は温まらない。

一月も頭のことで、窓から入り込む寒気に轎の中の芙蓉は凍えた。見てくれを優先して初春らしい桃色の短襖に若草色の馬面裙、雲肩という出で立ちで来たが、やはり、季節の先取りなどとやせ我慢せず、毛皮が裏地についた裘衣を着てくればよかったと今更ながら後悔する。蓮蓮が主の気持ちをすぐに察した。

「綿入れを中に着てくるべきでしたね。せめて、これを――」

「ありがとう、蓮蓮」

蓮蓮が、ひざ掛けを窓から差し入れてくれた。よく気のきく侍女だ。ソバカスが白粉でも隠せぬと本人は気にしているようだが、それも愛嬌。えくぼの可愛い二十三歳で、芙蓉の三つ上。子供の頃から一緒で姉妹のような仲だ。

「御髪が乱れておりますよ」

蓮蓮が小さな鏡を渡した。

「お嬢さまは麗京一の美女なのですから、笑顔は千金。御髪は万金ですわ。しっかり整えなければ」

「麗京一の美女ねぇ……本当にそうだといいんだけど……」

「もちろん。麗京一です。見てください、今日の髪型。私がわざわざ習いに行って流行の形にして、お化粧だっていつも肌の艶（つや）にまで気を配っているんですもの。お嬢さまが麗京一でなかったら、私は麗京一の侍女じゃなくなってしまいますわ」

「あ、うん。そうだね……分かっている。うん。蓮蓮のおかげでわたしは麗京一の美女だって評判なんだよね」

「そうなんですわ。そこをお忘れにならないでくださいませ」

芙蓉は鏡の中の自分を見た。たしかに世間からそう言われている。けれど、それは皇太后が大叔母（おおおば）であるというひいき目も三割方入っていることだろうし、自信満々な蓮蓮の言う通り、彼女の腕前のおかげでもある。「麗京の芙蓉の花」などと賞されているのはほとんど、この二人の力による。

ただ芙蓉は名前のわりに、その素顔は華やかさに欠けていると自分では思っていた。すっと通った鼻筋や、キリリとした眉（まゆ）、涼やかな瞳はどちらかというと、芙蓉というより菖蒲（しょうぶ）と評される方がずっと似合う気がする。足りない部分は笑顔でつくろうほかないと、笑みだけは欠かさない。

「あぁ、あ。わたしも皇宮ではなく、相国寺の市に行きたかったな」

「そうおっしゃらないでください。皇太后さまはお嬢さまとお会いするのを楽しみにしておられるのですから」

正月初めの市には異郷の珍味や縁起物が並ぶ。そこに蓮蓮を連れて買い物をしに行くのが毎年の楽しみだが、今年の皇太后からのお召しは例年より早かった。

「はぁ……市の日に当たるなんて、今日はどうもついてない……道は混んでいるし、心は市に引かれている――」

思い返せば、朝から侍女が顔を洗う盥をひっくり返すし、歩揺の金具が切れて真珠の珠が床に散らばり、どうしても数が合わなくなった。なにやら嫌な予感がする。

そうこうしているうちに東華門が見えてきた。朱色の扉には鋲が打たれ、立派な門の上には楼閣が建つ。

「ここで下ろしてくれる？　急いで」

「かしこまりました」

この門は官吏が登城するときにも使う。轎で中に入るわけにはいかない。轅を持つ四人の担ぎ手は、急ぎぎみに轎を地面に下ろそうとしゃがみかけた――が、その時、馬蹄の音が背後から聞こえたかと思うと空色の衣を翻した騎乗の男が轎の横をすっと通り過ぎた。

とたん、風と馬の勢いに不意を突かれた担ぎ手たちは重心を失った。轎の中は嵐にのまれた船のように左右に大きく揺れ、芙蓉は壁に頭を打ち付けた。

「あっ！」

前方右側を担いでいた男が転んだのはそのすぐ後だ。

当然、轎は地べたに転がる。しかも、転がったのは、轎だけではない。頭をぶつけたせいで踏ん張れなかった芙蓉もである。荷物のように轎から押し出され、引っくり返れば痛いを通り越して恥ずかしい。

たまたまそれを目にした周囲の人々はつい噴き出す。

滑稽な貴族の令嬢などそうはいない。

——は、恥ずかしい。

芙蓉が地面に這いつくばったまま顔を上げれば、手綱を引いた騎乗の男はこちらに気づくこともなく東華門を下馬もせずに通り過ぎていくではないか。一瞬見ただけだが、かなり高価なものだろう、目が覚めるような深い緑色の佩玉をその腰から垂らしていた。

「ちょ、ちょっと……ひどいじゃない……」

手を伸ばして言う芙蓉の声は空しくも男には届かなかった。

「大丈夫ですか、お嬢さま……」

蓮蓮が声をかけたので、芙蓉は我に返る。

「蓮蓮、お、お願い、手を貸して……」

「お嬢さま、お怪我をされてます！」

見れば手のひらを少し切ったようだ。

「大丈夫。皇太后さまのところで手当をしてもらうから」

蓮蓮は急いで袖から手巾を取り出すと傷口を押さえてくれ、憤慨したように東華門を見る。

「誰でしょう。あんなに急いで。危ないではありませんか！」

「どうせ、無礼で思いやりに欠ける人よ……」

「まったくその通りですわ」

蓮蓮は、芙蓉を助け起こすと、衿を直し、衣を左右均等にしてくれた。それでようやく芙蓉は手の痛みを感じはじめ、急がないといけないことを思い出す。

その頃になると、街の人々の興味もこちらから薄れ、それぞれ忙しい日常に戻っていった。

「行きましょう、蓮蓮」

芙蓉はよろよろとしていた足取りを十歩行く前にしっかりしたものに立て直し、もう十歩行く頃には顎を引き締めた。そして鎧を着込み、剣を帯びた門兵たちが二十人ほどで守る東華門の前に立てば、背筋がすくりと伸びる。門楼の上にも槍を持った兵士が立っていて警備は厳重だ。

蓮蓮が門兵に腰牌を見せながら告げた。

「丞相府のお嬢さまです。皇太后さまのお召しにより参上いたしました」

兵士は、それが純金でずしりと重い本物であるのを確かめると、矛で塞いでいた門への道を空ける。

「お嬢さま、もう少し優雅にお歩きください」

「あ、うん……」

急ぎ足でつい大股で歩いていた芙蓉は、注意されて慌てて歩みを緩めた。

どうも蓮蓮は芙蓉に完璧(かんぺき)を求めがちだ。頭の先から爪先(つまさき)まで芙蓉を美しく装わせ、姉のように世話を焼き、主が褒められるのは自分を褒められるのと同じだと思っている節がある。だから蓮蓮は芙蓉の一挙一動にいつも気を配っていた。

片や芙蓉といえば、丞相の孫と言っても父は太尉(たいい)で一族は武門の出。弓も剣も多少嗜(たしな)み、男勝りに幼い頃から師を持ち学問もする。

琴や刺繍(ししゅう)はまるでダメ。

こんな大仰な衣を着るのは、どうも肩肘(かたひじ)が張った。が、まさか皇宮に弓矢を背負ってやって来るわけにはいかないし、仕来りというものがある。蓮蓮が求めるようにしゃなりしゃなりと貴族の娘を気取らないわけにはいかない。

しかし途中、地面に蹄(ひづめ)の痕(あと)を見つけると芙蓉は足を止め、腕を組んだ。

「うん？」

騎馬の男があれほど急いでいたのなら、それは陛下のお呼び出しくらいしか思いつかない。平服であったから官吏でも武官でもないだろう。門番も止めもしなかった。

「洞察力の高さは人間関係で最も必要な才であり、潤滑に生活するためには大事なものだ」と芙蓉の師である石白明(せきはくめい)も常々言っている。なにか重要なことが、皇宮で起きたのか――。

「ううん」

芙蓉は頭(かぶり)を振った。関係ないことに首を突っ込むとろくなことはない。

「お嬢さま、時間が迫っています。慶寿殿（けいじゅでん）に急ぎましょう」

「そうね！」

二人は巨大な宮殿を目指した。


芙蓉は皇太后の居所、慶寿殿に約束の時間よりわずかに早く着いた。胸をなで下ろして見れば、宦官（かんがん）たちが花の手入れをし、宮人たちが黒漆の柱が立ち並ぶ回廊を掃除していた。いつもと同じ光景なのに皆、下を向きがちで己の仕事にずいぶん熱心だ。どことなく緊張感が漂っている。

「なにかあったのかな？」

「なにがでございますか？」

蓮蓮はその違和感にどうやら気づかないらしい。

芙蓉は黒漆の扉の前に立った。

耳を澄ませば、静寂の部屋の中からコツコツと机を叩（たた）く音がする。

芙蓉は考えてみた。

皇太后が机を指で叩くのは、不快な時か、何かを考えている時だ。

芙蓉は人の顔を見て名前を一度聞けば、忘れない特技を持っている。だから慶寿殿の使用人とは名前を呼び合うほど仲良くしていた。いつもなら誰もが芙蓉を見ると、

「今、取り次ぎますわ、芙蓉さま」

と先を競って言うのに、今日に限っては誰も声をかけてこない。

芙蓉は扉を見つめていた視線を皇帝の居所の方へと向けた。

並ぶ建物の屋根は嶺のように建ち並び、黄金に輝いていた。金の鴟尾、反った屋根の先にある龍や神獣。厳かで神々しい。その輝きだけは光に満ちていたけれど、建物が遮る陰は深かった。

そこへ後宮を仕切る最高位の宦官である、劉公公が、部屋の中から現れ頭を下げた。

「お待たせいたしました、芙蓉さま」

髭のない高齢の人は背がくの字に曲がっており、手には払子をもっている。

「どうぞお入りください」

「はい。失礼します」

扉が左右に開かれると、芙蓉は蓮蓮を廊下に残して高い敷居を跨いだ。

蓮蓮は顔見知りの宮人たちとおしゃべりに行くのだろう。少し浮かれて「いってらっしゃいませ」と芙蓉の背中を見送る。

——静かね。

陽の当たらない部屋の奥で皇太后は本を片手に座っていた。長い間、そうしていたのか、金の香炉からは普段は絶やさぬ薫りが尽きている。

時を告げる鐘の音がして風が窓を揺らすと、初めて皇太后はこちらに目を向けた。

芙蓉はにっこりと笑顔を作る。

「読書の最中にお邪魔してしまいましたか、皇太后さま」

齢七十の皇太后は黄金の簪を重たげに頷き、頬をほころばせた。

服装は寡婦らしい渋茶色の衫だが、その優雅な身のこなしは凜としており、五十年も後宮に君臨している威厳は隠しきれない。

「うむ。どうやら熱中するあまり時を忘れていたようだ」

皇太后の演技はなかなかだ。が、熱中していたというわりに、閉じた本は初めの方の頁であったし、笑顔には偽りがある。

「遅くなりましたが、新年のご挨拶に参りました。皇太后さまの長寿とご健康をお祈り申し上げます。皇太后さま、千歳千歳千千歳」

芙蓉が跪いて正式な挨拶をすると、皇太后は満足そうな顔をした。

「約束をしていたのに、すっかり待たせてしまったな」

「いえ、今来たところでございます」

劉公公が宮人に目配せして、明かり取りの窓を開かせた。

すっと冷気が部屋に入り込んだが、よどんだ空気が消えた。すると、豪奢な皇太后の部屋が光に満ちる。

青磁に飾られた赤い梅の花は南方からの献上品か。天の世界を描いた屏風、めでたい言葉が書かれた対聯。皇太后が建設したいと考えている、静徳寺の模型。部屋の向こうとこちらは珠簾で分けられ、光が当たる度にキラキラと床を輝かせた。

「こちらに座るがよい」

皇太后は自分の横の席を指した。

一抱えほどもある大きな青銅製の火鉢があり暖かい。

七十にしては皺のない美しい肌の人は、慈愛深き民の祖母たる笑みを浮かべた。

「それで？　芙蓉、最近はなにをしているのか」

芙蓉は眉を垂れた。嘘をついてもどうせ見抜かれてしまう。

「師父の教えを受けて日々勉強しています」

「師父？　石白明のことか？」

「はい。そうです」

「つまり、弓を射たり剣を振り回したりしているということだな？」

芙蓉は慌てて両手を振った。

「それだけではありません。算籌や、国法、経書、史学も習っています。他にも、いろいろ日常のためになることも教えていただいているんです」

皇太后は呆れたように息を吐いた。

「石白明めは、芙蓉を御史台にでも仕官させる気か」

御史台は各署の監査を行う機関で、師匠の石白明は凄腕の監査官だった。ゆえあって退官した後は、芙蓉の祖父の邸に住まい、彼女を弟子にして学問を教える代わりに食客となっていた。

皆は彼が千字文（漢字）でも教えるのかと思っていたが、呑み込みの早い弟子と、変人の師匠の二人が、そんなもので満足するはずもなく、石白明は、皇太后を呆れさせるまで知りうることをすべて芙蓉に身につけさせようとしていた。

「師父が悪いわけではありません。わたしが学びたくて――」

「わかっている。が、そんな風では結婚する相手を見つけるのは難しいだろう。そなたを理解してくれる男はそうはいない」

「………」

「わかることもわからぬくらいに言っておくのが世渡りというものだ」

皇太后は茶をすする。二人の間に間が空いた。皇太后は怒っているわけではないようだが、石白明が芙蓉に与える教育を心配しているのかもしれない。時折、なにを勉強したのか芙蓉に報告させる。彼女は弁解しようと口を開きかけたが、そこに扉の向こうから声がした。

「早く取り次げ」だの「ご機嫌はいかが」だのという騒ぎ声だ。

「どうかしたのでしょうか」

衣擦れの音は一人二人ではない。皇太后は眉を寄せた。悩ましげに机を指で叩いていたのは、これが原因か――。

「いかがなさいますか」

伺う劉公に皇太后は一つ、ため息をついてから芙蓉に言った。

「少し待ってくれぬか」

「下がっておりましょうか」

「いや、ここにいて構わぬ」

皇太后は芙蓉に発していた優しい声音を低いものに変えた。

「通せ」

現れたのは、呉皇后、蔡貴妃、魯淑妃、晋徳妃の四人だった。華やかな赤や桃色、上品な薄紫に深緑の衣を纏い――豪奢な金や真珠、珊瑚の髪飾りをして四人が入って来ただけで、この陰気な寡婦の部屋が急に華やいだ。

「皇太后さま、ご機嫌うるわしゅう」

四人は身分の順に椅子に腰掛け、運ばれて来た黒磁の茶器を手に取った。皆、なにか言いたげなのに、誰も口を開かない。そうこうしているうちに不惑を過ぎた皇后が芙蓉の存在にようやく気がついたように口を開いた。

「司馬太尉の娘子が来ておりましたか、皇太后さま」

皇后は肥えた体の持ち主で、金糸で刺繍された衣を贅沢に重ねて着込んでいた。巨大な瑪瑙の指輪を少し自慢げに肘掛けに手を置き、威厳を醸し出している。

そこに三十後半の蔡貴妃がにこりと言った。

「芙蓉嬢は、いつ見ても美しいこと。芙蓉という名前はそなたにこそ似合う」

皇后がちらりと蔡貴妃を見た。細い弓形の眉の貴妃は微笑みを返した。

皇后は世辞を嫌い、弁の立つ蔡貴妃のなめらかな舌を平素から好ましく思っていないのは有名な話だ。今日も自分がなにか言おうとしたその前に、芙蓉を褒めることで皇太后におべっかを使ったので癪に障ったのだろう。

「ご冗談を……」

芙蓉は謙遜したが、皇后も蔡貴妃もどちらも聞いていなかった。互いに微笑み合うというより、にらみ付け合い火花を散らしている。が、皇太后の視線に先に気づいた蔡貴妃は恐縮して見せるように顔をうつむけた。対する皇后は気に入らぬと鼻を鳴らす。

あとの二人、魯淑妃と、晋徳妃は控えめだ。

魯淑妃は、気の弱そうな細い体をし、四十七、八歳で、美人とは言いがたいが、皇后に次ぐ名門出身と聞くのに腰が低い。手巾で口元を覆い、時折出る咳を我慢している。

晋徳妃は、深緑の衣を身につけ、まだ寒さを感じるのか内に綿入れの衣を着ているようで着ぶくれしていた。だが、かつては官妓の踊り子だったというだけあって、一番年かさの五十代であるのに、地味な装いであっても四人の中では際だって美しい。

「芙蓉嬢はお正月の挨拶ですか。孝行なことでよろしいですね」

晋徳妃は無難な言葉を芙蓉にかけ、魯淑妃は皇太后の耳飾りでも褒めるように「本当に美しく成長して」などと少し北方訛りのある言葉で言った。

そんなわけで、四人はそれぞれ個性的な人物なのである。

「あの、皇太后さま……今朝の件ですが……」

そしてようやく、皇后が意を決したように口を開いた。が――。

「その話は聞かぬ」

皇太后はにべもなく一蹴(いっしゅう)した。

「しかしながら……」

「聞かぬと言っている」

「…………」

――なにかあったのかな？

その中で一番、気の強い皇后が今日に限ってなぜか焦っているように見えた。しかし、さすがの皇后も、「狐狸(こり)」などと陰口をたたかれるほどの皇太后になかなか言いたいことが言えない様子だ。そのうち、皇后は苛立(いらだ)ち、どうすればいいか測りながら、話の矛先を芙蓉に向けた。

「芙蓉嬢はもう二十と聞きましてよ。噂では男勝りに剣などを振り回して遊んでいるとか。そんなありさまでは嫁ぐ先もありませんね」

それに、ここぞとばかりに口を開いたのは、蔡貴妃だ。

「まぁ、芙蓉嬢といえば、『眸(ひとみ)を廻(めぐ)らして一笑すれば百媚(ひゃくび)生ず』と言われている美人ですわ。もらい手がないはずありませんわ、そうでございましょう？　皇太后さま」

蔡貴妃は皇帝が最も寵愛(ちょうあい)するだけあって、流し目も色気があり、手はわざとらしいほど優雅な所作をし、年よりもずっと若々しく見える。処世術に長(た)けている蔡貴妃と、頑固な皇后は、真逆な性格で水と油の関係である。

魯淑妃が言った。

「丞相府の前には婚約の申し込みの書状を持つ人で列ができると聞いておりますわ」

「その話なら、わたくしも聞きました。引く手あまただとか。羨ましいかぎりですね」

晋徳妃も蔡貴妃を援護する。どうやら二人は蔡貴妃の仲間らしい。

空気を読めない皇后はそれでも止まらない。

「女人とは結婚して男子を産んで一人前。いつまでも皇太后さまに甘えているのはどうかと思いますよ」

この皇后の言葉にはさすがに芙蓉もかちんときた。相手は国母で、二十代後半になる第二王子の母親だとはいえ、そういう価値観の押しつけはいささか失礼というものではないか。

しかし、それに関しては貴妃も晋徳妃も同意らしい。蔡貴妃には十一歳の第十二皇子がいたし、晋徳妃には立派な三十代の第一皇子がいた。

子を産んでこそ母の身分が固まるというのが後宮だ。晋徳妃など卑賤の出から妃の位までのし上がったのは、今はどうあれ、その美貌を武器に皇帝に寵愛され、子を産んだからに他ならない。当時の皇帝はまだ若く、晋徳妃に熱を上げて溺愛したらしいが、晋徳妃も年を重ね、寵愛が薄れた今は、影が薄く、発言力もなくなった。ただ、息子をよすがに後宮でうまく生きるしかない。

　一方、名門の出ながら、子供のいない魯淑妃だけが居心地が悪そうに恐縮していた。手にしている手巾に丁寧に刺繍された杜鵑花（サツキ）の赤い花弁だけが異様に鮮やかに見えた。

「確かに皇后の言う通りだ」

　しかし、残念ながら今日の皇太后は皇后の味方のようだった。

「しばらく、芙蓉をわたくしの手元に呼んで行儀見習いをさせようか」

　芙蓉は慌てて異議を唱えようとした。

「あの！　皇太后さま！」

「芙蓉。そなたは黙って言う通りになさい。皇后の言うことはもっともですよ」

　芙蓉はしゅんとなったが、それ以上なんと言えよう。

「そなたらは、もう下がれ。わたくしは疲れた」

「御意……長々と失礼いたしました」

　結局、話はそれだけとなった。

　不満げな皇后と多少不安そうな蔡貴妃、魯淑妃と晋徳妃は来た時と同じように神妙な顔で慶寿殿を去った。

　——なんだったんだろう……。

　芙蓉は恐る恐る皇太后に尋ねてみた。

「あの。先ほどはなぜ、皇后さまの話を聞こうとされなかったのですか」

　皇太后は鼻を鳴らした。

「皇后は悪手を打った。貴妃と言い争い、どちらが正しいかを談判しようと、魯淑妃、晋徳妃など関係ない者まで連れてきた。四人でけたたましく議論しても真実などわかりようもないし、無意味じゃ。弁明したいのなら一人で来るべきであった」

「なるほど……」

芙蓉はなんの話かわからないまま相づちを打った。

「それより、芙蓉」

芙蓉は慌てて背筋を正す。

「案ずるな。行儀見習いのことではない。頼みたいことがあるのじゃ」

芙蓉の長い睫毛がやや上向いた。

「実は文を人に渡してもらいたいと思っておる」

──文？　なんだろう？　なぜ、宦官に頼まないのかな……。

「皇宮の外との連絡だ。そなたの仕事は、ある者にわたくしの文を渡し、その者から文を受け取り、ここに持ちかえること。行儀見習いのためと称して皇宮に自由に出入りできる芙蓉にしか頼めぬことだ」

──だから行儀見習いの話を出したのね……良かった……。

なにか重要な文ということなのか、誰にも気づかれないように文を運ぶ必要があるということなのか、疑問はいくつかあったが、いつも世話になっている皇太后の頼みなら断れない。芙蓉は二つ返事で引き受けることにした。

「分かりました。わたしができることならなんでもいたします」

「そう言ってくれると思っていたぞ」

「ただ……」

芙蓉は上目遣いで皇太后を見る。

「一つ、お願いがあります」

「なんじゃ？」

「もうすぐ科挙（かきょ）があります。受験資格があるのは、男性のみなのはわかっていますが、同じ問題を解き、匿名で採点してもらうことはできないでしょうか。自分の実力を知りたいのです」

科挙は超難関な官吏の登用試験のことだ。正式に受けることはできないが、腕試しをしてみたい、というのが芙蓉の本音で、お願いできるこんないい機会を逃すわけにはいかなかった。

皇太后は、少し考える風に肘掛（ひじか）けに凭（もた）れてから答えた。

「科挙か……まぁよい。いい成績でも仕官したいなどと言い出さないと約束できるなら、後日、採点者の役人に見せてもよい」

「もちろんです。わたしはただ、自分の能力を試してみたいだけなんです。卑下も過信もしたくない。ただそれだけです」

「では、そのように取り計らおう」

「ありがとうございます、皇太后さま」

芙蓉は跪いて正式な礼をした。

皇太后は、それを見てから、錠のついた木の箱を取り出すと、芙蓉に手渡す。

「これを華酒楼の蒼君という者に渡して欲しい」

「華酒楼の蒼君さまですね？」

「ああ。行けば分かる。頼んだぞ」

「かしこまりました。いつ行けばよろしいのですか」

「今日中じゃ。詳しいことは蒼君に聞くがよい。相手はそなたがわたくしの使いであることは知っている」

「かしこまりました」

芙蓉はなにやら腹の内からわくわくするものが溢れてくるのを感じた。

師の石白明は筋金入りの御史台の役人で、数々の悪徳役人の不正を暴き、活躍したのは有名な話だ。最後は触ってはならぬ蜂の巣をついて失脚してしまったが、昔話はよく聞いた。

密かな情報のつなぎは重要なこと。

後宮でなにが起こったかは知らない。だが、皇后があれだけやきもきし、後宮の勢力争いの果てに険悪となった蔡貴妃と連れ立って現れたのだ。なにかあったと考えるべきだ。

重要な任務を与えられた芙蓉は勢いよく立ち上がる。

「では、早速行って参ります」

「まて、芙蓉」

「はい？」

「酒楼は男ばかりだ。着替えて行くがよい」

女官が持って来たのは――男物の衣だった――。


「皇太后さまはなんとおっしゃったのですか？」

皇宮を出ると、轎(かご)の外から蓮蓮がこっそり尋ねる。

「それが……なんと言うか、わたしに文使いをするようにお命じになったんだけど……」

「文使いですか」

「うん……でもよくわからない……重要な文みたいなのに、信頼する劉公公に頼まずにわたしにさせるなんておかしくない？」

「はい……確かにそれはそうですね……」

「相手が詳しいことを知っているようだけれど……」

なにかを思考する時の癖で、耳朶(みみたぶ)を弄(もてあそ)びながら芙蓉は考えをめぐらせる。

手には布に包まれた男物の袍(ほう)。

これを着て相手に会えとはどういうことだろう。

身分を明らかにしてはならないということだろうか。とにかく邸を抜け出したり、衣を着替えたりするのに蓮蓮の助けは必要なので、ここで打ち明けておく。

「顔が知られていない人がいいと皇太后さまは思ったのかもしれないですね、お嬢さま」

「そうね。皇太后さま付きの宦官や側近の官吏、武官では足がつきやすいし、わたしが関わっていることを他人に知られたくないのでしょうね」

「それに女人では行動範囲に限界がありますもの。男装なら一人で歩いていてもさほど怪しまれませんけど、お嬢さまは昼間でさえ侍女を連れていなければ、人の目を引きます。とても皇太后さまの言うように酒楼などにはいけませんわ」

――うむむ。

「他にはなにかありましたか」

蓮蓮が尋ね、芙蓉は唇を尖らせた。

「お叱りよ。『わかることもわからぬくらいに言っておくのが世渡りというものだ』ですって」

「お嬢さまは物知りすぎますもの」

「馬鹿のふりなんてしたくない……」

「女人が賢いのをよく思わない方もいるので、気をつけよとのことでしょう。でも、こうしてお役目を命じられたのですから、その能力を皇太后さまは買ってらっしゃるはずですわ」

「そうかな……」

「そうですよ」

　芙蓉は結婚するなら、賢い人としたいと思った。さもなくば、一生馬鹿のふりをしなくてはならない。

「お嬢さま、きっと科挙の状元（首席）を丞相さまが婿君にしてくださいますわ」

「そうね。まぁ、とりあえず、この文使いよ。上手くいけば、科挙の問題を解かせてもらえるから、皇太后さまにわたしのことを理解してもらえる機会になるかも」

「そうですわ。遊びで勉学をしているのではないと、ちゃんとわかってもらえる機会です」

「うん、そうね」

芙蓉は邸に着くと、轎から降り、階段を足早に上り門をくぐった。科挙の問題を解かせてもらえるということを一番に知らせたい人がいるのだ。心が逸るのを止められない。

「お帰りなさいませ、お嬢さま」

芙蓉は、出迎えた使用人たちに構わずに、松が丁寧に切りそろえられた前庭を突っ切り、裏手に回ると池にかかった小さな赤い橋を渡り、涼亭の前に建つ離れの前に立った。

そして一度、大きく息を吸って整えてから中に声をかけた。

「師父、師父はいらっしゃいますか」

返事はない。

芙蓉は戸をそっと押し開け、今度は少し大きな声で言った。

「師父、いらっしゃいますか」

「そんな大きな声を出さずとも聞こえておる」

部屋の奥から返事があり、総髪の老人が算籌(そろばん)を弾(はじ)いていた。

おそらく、祖父に領地の年貢の勘定が合わないからと頼まれて調べているのだろう。誰かがこっそりと横領しているのかもしれない。米一粒の不正も見逃すまいと真剣な眼差(まなざ)しをしている時の師は生き生きとする。

「師父」

だが、そんなことは芙蓉にはいつものことだ。

山のような書物をどけて師である石白明の下に向かう。しかし師は帳簿から目を離さず、のんびりした声で言った。

「どうかしたのか。気が急(せ)いているように見える。慌てると思考が乱れる。思考が乱れれば、判断力が衰える。いつも言っていることではないか。そなたの悪いところだ」

ろくに髭(ひげ)を剃(そ)っていない師は、背を丸めたまま椅子に座り直した。

「それが——皇太后さまにお手伝いを頼まれたのです。代わりに、科挙の問題を解いて採点してもらう約束で」

はじめて師——石白明は興味を抱いたようだった。

「ほぉ？　なんの手伝いだ」

「文使いです」

石白明は鬚を撫で、帳簿を机に置いた。そして汚れた麻の衣の袖を払い、しばし考えると優しい目を芙蓉に向けた。

「自分を試すことはいいことだ。そなたは頭がいいが、それだけでは世間では生きていけない。科挙の仮試験を受け、客観的な評価を得ることは必要だ」

「はい。必ず師父を失望させない成績を取ってみせます」

「うむ。だが、その文使いというのが気になる」

「男に扮するように言われたのです」

「なるほど？」

「どういう意味があるのでしょうか」

「うむ」

師は顎鬚を撫でながら、置物の猿の頭にもう一方の手を置いた。

「機密性が高いと見るのが当然だな。信用できる宦官はいくらでもいるのに、あえてそなたを選んだのは、皇太后が監視されているからではないか。お側の宦官が宮殿を出れば動きが気づかれてしまう」

芙蓉はすかさず尋ねた。

「皇太后さまを監視するなんて誰でしょうか」

「皇后か、貴妃か、その両方か……少なからず後宮に権限をもつ者だろう。皇太后はそれに勘づいて苦肉の策に出た——が、そなたになにかあっては困るから、男装して身分を秘するように言ったのだろう」

芙蓉は納得した。だから皇太后は自分を行儀見習いなどという建前で後宮に呼ぶことにしたのだ。皇后の話は渡りに船だったのだろう。

後宮の外に出入りが自由な芙蓉ならば監視をかいくぐれるし、重要な文をまさか行儀も知らない小娘に皇太后が預けているとは誰も思わない。

「その仕事は危険かもしれぬな」

石白明がぽつりと言った。

芙蓉が師に問う。

「どうしてそう思われるのですか」

「御史台で監査官をしていたころのただの勘だ」

その勘が怖い。

気楽に引き受けてしまったことはもしかしたら間違いだったのではないかと芙蓉は心配になり始めた。

石白明は山のようになった書物を机から下ろすと、火鉢で沸かしていた湯を白磁の茶器に入れて芙蓉の手に載せた。

「なに、心配するな。そなたにはわしの全ての知識を与えておる。実地の訓練がちと足りないだけで案ずるには及ばない。これは経験を積むよい機会なのかもしれぬ。物事はよい方に考えるのが肝心じゃ」

芙蓉はいつも石白明のような活躍をしてみたかった。師のかつての昔話を聞くと胸が躍ったし、自分の能力を発揮する場がないことに不満だった。

科挙の採点をしてもらい、よい成績ならば自分を証明できる。やればできるのだと、少なくとも皇太后には知ってもらいたい。そしてなにより、「女が学問などしてなにになる」と思っている人たちに芙蓉の真剣な気持ちを見せたかった。それは学問を志してから、ずっと芙蓉の中でくすぶっていた願望であり悩みだった。

――皇太后さまのお手伝いをがんばってみよう。科挙のことはずっと夢だったんだから。あのとき、もっとああしていればよかったなとか、あの時に戻れたら、もっと違う選択をしていただろうにとか――そういうのが嫌だもの。やってみよう。

そう考えると芙蓉の不安はどこかに吹き飛んだ。

とりあえずは文の使いだ。

男装して酒楼に行って文を渡す。それだけのこと。それを何回かくり返せば、師の言う通り、経験を積め、更なる飛躍に繋がる。だから、確かにこれは悪いことではない。

「師父」

「うむ」

「わたし、やってみようと思います。必ず、文を届けて皇太后さまのご期待に添いたいと思います」

「忘れてはならぬぞ。洞察力が一番重要な能力であることをな」

「肝に銘じます」

「それでよいぞ、芙蓉」

芙蓉は胸の高さに手を掲げ、師に拱手（きょうしゅ）をした。


初更（午後七時頃）の鐘の音が鐘楼から響いた。

夕食時である。

芙蓉は空腹だったが、あえてなにも食べずに出かけることにした。剣を持つときは、腹一杯では動けないからだ。祖父に見つかるとうるさい。宴（うたげ）に出かけたのを見計らってこっそり邸（やしき）を出ることにした。

「しっかり支えていてね、蓮蓮」

「お足元に気をつけて」

芙蓉と蓮蓮とでこそこそと竹でできた梯子（はしご）を運ぶと、高い塀を乗り越えるべく立てかける。一歩ずつ登るたびに梯子はキュウキュウと軋（きし）む音を立て、誰かに見咎（みとが）められないかハラハラしながら、二人は手を取り合って塀を乗り越えた。

「はぁ……」

「大丈夫ですか、お嬢さま」

「う、うん。蓮蓮、ごめんね、こんなことに巻き込んで」

「皇太后さまのご命令ですし、お嬢さまの夢がかかっておりますもの。ご協力いたしますわ」

芙蓉は誰かに見咎められる前に、外に待たせていた馬車に乗り込み、その中で蓮蓮に手伝ってもらって群青色の袍に着替えた。翡翠の小冠で髷を留めると、芙蓉はなかなかの美少年にできあがった。

「まぁ、お似合いですわ」

ただ、背丈が足りないし、声も高く、髭もない。

二十歳にはとても見えない。十五、六、と言うのが精一杯だろう。

「ささ、指輪も」

女性ものから男性ものへと装飾品も変えられる。翡翠の大きな指輪を親指にはめて、香袋の代わりに佩玉を腰から垂らした。

——うん。よし！

男装すると芙蓉は、その背を押されたような気持ちになってきた。鏡の中を見れば、瞳がいつもより輝いているような気さえする。

皇太后の考える男装の目的は、文の秘匿と芙蓉の安全のためだろうが、芙蓉は自分に足りないものは経験だとわかっていた。書物の中だけでの学問ではなく、実際に街を見て民と話し、世界を感じてみたかった。だから、男装に芙蓉の心は躍った。

「馬車を出して」

その声とともに馬車は動きだした。

「蓮蓮、相手と会う予定の華酒楼というのは、どこか知っている？」

「開宝寺(かいほうじ)の近くに十日前にできたばかりの店のようです。御者が心得ているのでご安心ください」

開宝寺は皇宮の北東に位置する寺院で、八角十三層の巨大な塔がある。高さ三六〇尺、八年の年月をかけて建てられた。麗京の者ならば、右か左か分からなくなった時、開宝寺の塔を探せばいいといわれている目印だが、なぜか北西に傾いていた。

芙蓉は蓮蓮に囁(ささや)いた。

「その、蒼君という人はいつ現れるのかな？」

「さあ、きっともう着いているのではありませんか」

「でも皇宮からまっすぐにその酒楼には行けないでしょう。誰かがつけていたかもしれないし、お祖父(じい)さまに見つかるかもしれないんだから。それこそ念には念をいれないと。待たせたら悪い相手かな？」

「芙蓉さまは心配しすぎですわ。相手もきっと事情を察して待っているはずです」

蓮蓮は、麗京の中心を通る五丈河(ごじょうが)の橋を渡ると、黒い羅(うすぬの)のついた笠(かさ)を狭い馬車の中で芙蓉に被(かぶ)せた。相手が何者かも分からない。まずは用心するに越したことはなく、顔を隠すのがいい。

馬車は北東へと向かい、寺の門前から続く道にある酒楼の前で止まった。

酒楼と言っても妓女はおらず、食事をするだけの料亭らしい。趣味のいい佇まいの二階建てで、店の前は綺麗に掃き清められてあった。

侍女を伴っては女であると疑われてしまう。芙蓉は一人で行くことにしたのだが、酒を振るまう場所に一人で来たことはなかった。

「これを案内の者に心付けで渡してください」

蓮蓮が小銭を芙蓉に握らせてくれた。

「分かった。他には？」

「お酒は飲まないでくださいね。赤い顔で帰ったら、あとで旦那さまに気づかれてしまうかもしれません」

「分かっているって」

「では、お待ちしております」

蓮蓮がひらひらと手を振ったので、芙蓉は緊張した面持ちを笠に隠し、馬車を降りると楼門を潜った。

すると客引きの男が寄ってきて、

「お客さま、一名さま！」

と大きな声を上げた。敷居を跨げば猫なで声で尋ねる。

「ご予約ですか」

中は吹き抜けで中央に舞台があり、琴が奏でられていた。客は三十人ばかり。二階は個室のようで、なかなかの高級店らしい。

珊瑚(さんご)やら水晶やらの飾り物が棚に置かれ、杯を交わす客の身なりもよい。初めて来る酒楼がどんな場所だろうかとひやひやしていた芙蓉は胸をなで下ろした。

「予約は蒼君だ」

芙蓉が小銭を渡しながら言うと、店員ははっと目を見開き、頭を深く下げたかと思うと、壮年の店主を呼んで来た。

「お待ちしておりました。蒼君さまは既にお見えです」

「そうか」

どうやら蒼君なる人物は上客らしい。

店主が小走りに、芙蓉を急(せ)かして階段を上って行くのは、蒼君がかなり長い間、待たされていたからだろう。それを感じ取ると、芙蓉は気が重くなったが、急ぐ店主の後に続いて階段を一つ飛ばしに上った。

「こちらでございます」

案内されたこの店で一番上等だろう部屋は二階の奥にあった。

武術にたけていそうな長身で、体ががっしりした黒衣の男が立っている。

蒼君ではないだろう。おそらくその護衛だ。

芙蓉は男を一瞥(いちべつ)した。戦地へ行って帰ってきたばかりのような屈強な男だと芙蓉は思った。眉(まゆ)が太く、日に焼けている武人らしい容姿で、表情がない。二十代後半か。

「どうぞ、こちらでございます」

店主が芙蓉のために戸を開いた。

中は続き間だった。入り口には棚があり、見事な牛の木彫りの装飾品が置かれ、その横には予備のためと思われる椅子が四つばかり壁を背に置かれている。そして薄絹の帳（とばり）の向こうに円卓があり、こちらに背を向けて男が立っていた。それだけで彼の苛立（いらだ）ちを感じる。いったい、この人はいつから待っていたのだろうか。

「お待たせしましたか」

芙蓉はできるだけ低い声で言い、男がなにか言う前に拱手した。もちろん、笠は被ったままだ。

「待ったかだと？　愚問ではないか？」

男は振り返った。

燭台（しょくだい）の火に照らされ、その顔が浮かび上がった。

美男だ。

どこから見ても美男である。

涼やかな面、上品な瞳、うっすら赤い唇、髪は金の小冠で留められ、残りの髪を垂らしていた。すっと伸びた背、乱れのない所作の美しさは行儀をたたきこまれたのを表していた。

「なにか理由があるなら聞こう。そうでなければ、文使いは別の者に代わってもらう」

芙蓉ははっとした。男が目の覚めるような深い緑色の佩玉を腰から垂らしていたからだ。あの男だ。芙蓉の轎（かご）を転ばせて、道ゆく人々の嘲笑（ちょうしょう）をわきたたせた男。気づきもせずに通り過ぎて行った人——あの時の佩玉もこれと同じだけ美しい翡翠だった。そうある代物ではない。邸（やしき）が一つ二つ建つほどのものだから遠くからでも見間違うはずはなかった。

「こちらは昼から待っていた。どういうことか説明してほしい」

芙蓉は動揺を隠した。

「それは申し訳ありませんでした……」

相手は、季節はずれの扇子をパチンと閉じた。

男は絹ではなく木綿の衣を着ているが、きちんと火熨斗（ひのし）がかけられており一糸の乱れもない。生地の照りから新品なのが分かるし、誰かに着付けてもらったのも明らかだ。

芙蓉は心の中で男の正体を推し量った。

——誰なんだろう。

しかし相手はこれっぽっちも芙蓉に興味を示さなかった。

「約束の時間は守って欲しい」

「約束の時間など聞いておりません」

「……未（ひつじ）刻（午後二時頃）に会う約束だった」

「二刻半（五時間）も……申し訳ありませんでした。なにも知らなくて——」

「こちらも暇ではない。こんなに待たされては困る」

「時間は本当に聞いていませんでした。ただ、今日中に行けと言われただけです」

二刻半も待てば当然苛立つだろう。申し訳ない気持ちになったが、こちらも怪我をしてまだ痛い。おあいこだとも芙蓉は思った。

「そういうものは、命じられた時にいついつかと自分から尋ねるのが当たり前だろう？」

「皇宮から直接ここに向かうとつけられているかもしれないので一度、邸に戻ってから来たのです。足がつかないように細心の注意をして邸から出て来ました。待たせたのは申し訳ありませんが、いろいろ事情があったのです」

芙蓉はため息が出た。そして円卓の上に並べられた手つかずのご馳走に目を向けた。ぐうっと腹がなって、今度は蒼君の方が嘆息する。

「座れ」

「え？」

「腹が空いているんだろう」

「あ、ありがとうございます……」

鴨の丸焼きに野菜の炒め物。蟹と葱の羹。各種包子、揚げた魚。どれも逸品だ。特に羹は、たっぷりと身の入った蟹のうま味と少しきいた黄酒で旨いことと言ったら譬えようもない。碗の底まで匙で汁を掬いきれば、これだけ店が繁盛しているのものうなずけた。空腹だったのもあって芙蓉の箸が進む。

ならない。

「冷えてもなかなかの料理ですね」

「笠くらい取ったらどうだ。顔も見ずに話などできない」

「蒼君さまも召し上がったらどうですか」

こちらから身分を明かすつもりは芙蓉にはなかった。先に相手をよく観察しなければならない。

蒼君は黙って匙を取った。最近では御飯を箸で食べる人も多い中、匙を使うのは宮廷ではあたりまえの仕来りである。芙蓉の勘がピンと来る。

食べ方は人の性格や生まれ育ちが出るものだ。芙蓉は相手を窺いながらパクパクと食べた。そしてどうやら、相手も同じことを考え始めたようだった。芙蓉に探るような眼差しを向けたかと思うと尋ねる。

「お前は何者だ。皇太后さまの使いなのは主から聞いているが、どういうつながりでこの役目を得た？」

「僕が何者か言う必要がありますか。あなたが欲しいのはこれでしょう」

芙蓉は袖から文の入った箱を取り出し円卓に置いた。蒼君が手を伸ばしかけた。芙蓉はそれをさっと引き戻した。蒼君の美麗な眉間に皺が寄る。

「文を渡さない気か」

「つまらないことに時間を費やすのはお互いに止め、本題に入りましょう。詳細は蒼君さまに尋ねるように言われました。それを教えてください」

言い争っていても夜は更けるばかりだ。彼はどこから話したらよいかわからぬ風に少し考えてから声を潜めて言った。

「では、後宮であった事件は知っているな」

「なにも知りません。今日突然、文使いを頼まれたので」

蒼君は芙蓉が当然知っているものだと思ったようだ。しかし、彼女はなにも聞かされてはいない。嘘をついているようには見えなかったのか、あるいは、嘘でも説明はしないといけないと思ったのか、蒼君は仕方なさそうに尋ねた。

「で、お前の名は？」

「僕の名？」

問われて考える。蒼君などという名前も偽りだろう。ならば、こちらも偽名を使うのがいい。芙蓉はすぐに思いついた。

「響(きょう)です。ひびきの響という字です」

「小響(しょうきょう)か」

「小は不要です。ただの響です」

芙蓉の亡き母の名が響琴(きょうきん)といった。それですぐに思いついたのだが、響とはなんとよい音だろう。こちらが子供と見て、蒼君が「小響」とさえ呼ばなければ、完璧(かんぺき)だ。聞かれたら姓は師から取らせてもらって石としようと思ったが、蒼君はそこまで踏み込んではこなかった。

「後宮の事件とはなんですか」

芙蓉は背筋を正す。

蒼君は暗い顔をした。

「今朝のことだ。後宮で蔡貴妃の宮人が首を吊ったらしい」

「へぇ」

驚きを顔に表さなかったのは、後宮ではそういう話はよくあることだからだ。

自死する者もあれば、残忍な刑罰で死ぬ者もいる。また殺されただの、神隠しにあったただのという話はごまんと聞いたことがあった。

「自死ですか、それとも、殺されたのですか」

「今のところは分からない」

「分からない？　どういうことですか。検屍はしたのでしょう？」

芙蓉は落ち着いた口調を心がけて問うた。

「死んだのは、自死でも殺されたのでも変わりない」

「はい？」

「その死体に問題があった」

芙蓉は羅の向こうの男を見た。彼は真剣な眼差しを芙蓉に向ける。

「死体の髪に鳳凰の簪がつけられていたんだ」

「え？　鳳凰の簪？」

芙蓉が思わず上向いた。鳳凰の簪は、本来皇后のみが持てる国母の象徴である。それをなぜ宮人は髪に挿していたのだろうか――。

「待ってください」

芙蓉は蒼君を止める。

「鳳凰の簪？　蔡貴妃付きの宮人の頭に、皇后の簪がつけられて死んでいたのですか」

「そういうことだ」

「大変なことではありませんか」

自死にしろ他殺にしろ、これは後宮を揺るがす大問題だ。鳳凰の簪は、皇后に冊立されるときに皇帝から下賜されるものである。軽々しく扱っていいものではない。死人が持っていたなど、あってはならないことだ。

「いつ起こったのですか」

「発見されたのは、今朝、五更前らしい。水汲み(みずく)の宦官(かんがん)が後苑の井戸の側で見つけた」

「まだ自死とも他殺とも判明していないのですね？」

「そのようだ」

蒼君も箸を再び取って食事を始める。

芙蓉はそれで合点した。なぜ今朝、蒼君があれほど慌てて馬に乗っていたのか――この事件のせいで皇帝から呼び出しがあったからだろう。また、なぜ皇后たちが皇太后の居所に詰めかけたのか――鳳凰の簪の件を弁明しようとしにきたのだろう。

箸を持った手を芙蓉は宙に浮かせた。

「難しい案件ですね」

「どうしてそう思う？」

探るような目で蒼君が言った。

「皇后と蔡貴妃が険悪なのは、昨日入宮した見習い宦官ですら知っています。蔡貴妃が自分の宮人を殺すわけはありません。皇后派がしたのかもしれませんが、皇后の鳳凰の簪をつけるわけがない。では蔡貴妃の自作自演で、皇后の簪をつけて宮人を殺したか——。とにかくこんがらがってよくわからない事件です」

「どちらかの自作自演である可能性は、大いに考えつく。ただ、皇后は鳳凰の簪を紛失した罪を皇太后から問われるな」

蒼君は温かい茶を火鉢から取ると飲んだ。

「一方で皇后は蔡貴妃の策略だと言って、皇后派の者たちを総動員し、蔡貴妃の一族を糾弾している」

「では、やはり蔡貴妃が？」

「さあ、蔡貴妃派も黙ってはいない。皇后が簪を紛失したことを大きな事件に取り上げるように、一族の者に上奏させている。まぁ、どちらもどちらというところだ。負けられない浅ましい戦いの始まりってことだよ」

芙蓉は窓の外を見る。

後宮の争いなど知らずに、街は今日も賑やかで既に赤い提灯が灯っていた。夜市が立ち並び、夕食をそこで済ます者たちはふらりと店に立ち寄る。

朱色に塗られた舟で川を下る者たちは、妓女と共に舟遊びをしているのか、琵琶や笛を鳴らしながら南へと向かっていた。

「やはり、皇太子の座狙いということでしょうか」

「おそらく。皇后の子である第二皇子は嫡子だが、蔡貴妃の子、第十二皇子は庶子とはいえ、陛下が最も愛する息子だ。皇后の一族は名門で、貴妃の蔡一族は陛下を皇位に就けた功臣であり、片腕。勢いもあり、貴妃の弟は将来を約束されている」

「では第一皇子は？　長男でしょう？」

「長子とはいえ、第一皇子の母親の晋徳妃が寵愛されたのは三十年も前の話だ。皇太子の座からは遠いし、後見になり得る親族もない」

「なるほど。だから、第二皇子と第十二皇子の一騎打ちというわけなのですね」

二つの勢力がぶつかりあっていた。

後宮で起きた事件はその氷山の一角か――。

「でも、どうして文使いなど必要なのですか」

「俺は後宮に自由に入れない。だから皇太后さまとの連絡をつけるための文使いが必要になった。俺はどの妃たちとも交流を持たないから中立だ。我が主が俺を指名したのはそれが理由で、何者かはわからないが、間者が皇宮のあちこちにいる。念には念を入れて互いに身分を明かさないのがいい」

芙蓉は黙って頷いた。皇太后の意図がなんとなく分かり、ちらりと蒼君を見た。

相手もいぶかる眼で笠の中の芙蓉を見極めようとしている。

芙蓉は耳に触れながら考える。蒼君は大急ぎで騎乗のまま宮城の門をくぐれる身分で、やはりそうさせたのは皇帝しか考えられない。

二人の使命は皇太后と皇帝が密かなやりとりをするのを手伝うということだろう。蒼君が主が誰か告げないのは、皇帝は後宮のことに表向き関われないからだ。関心を持っていることが知られれば、その仕来りを守っていないと臣下に邪推されかねない。

「酒楼の旗の色で合図する。赤から青になったらここで会うこと」

「旗の色？　使用人を待機させて色が変わったら知らせるということですか」

「そういうことだ。必ず初更に来るように」

芙蓉は慌てた。

「未刻にしてください。夜は家から出にくいのです。その――もうすぐ科挙があり、勉強しなければなりませんから」

芙蓉はとっさに取り繕う。

蒼君は、芙蓉の言葉をどうやら信じたようだ。科挙は官吏を目指すなら誰しも受ける大切な試験だ。三年に一度しか行われないし、家族の期待を背負っているから出かけられないというのはもっともらしい嘘だった。

「未刻にしてください」

蒼君は、昼間はおそらく皇宮に参内する可能性があるからだろう、渋った。だが旗を出すのは彼の方だ。芙蓉としては時間はこちらの都合で折れて欲しかった。

「あなたの都合で呼び出される限り、こちらは時間を指定するのは理にかなっていると思いませんか」

「未刻は早すぎる」

「そうは言っても、本当に初更ではだめなのです。知らなかったとはいえ、お待たせしたのは事実なので心から謝ります。でも、どうしても初更には家から出られないのです」

誠意をもって芙蓉が言うと、蒼君に断る選択はなくなった。それに芙蓉は皇太后の使いである。そのあたりの事情も蒼君は鑑みたのか、大きく一度、息を吐いてから言った。

「ではそうしよう」

「よろしくお願いします」

未刻なら買い物だと言って邸から出やすい。

ただ蒼君はこの件を調べてみる必要があると言っていた。が、問題が一つある。皇帝が最愛の蔡貴妃に有利な結果を望んでいても不思議ではないことだ。

「結果が皇后に有利でも、あなたは主にそう伝えるのですか」

蒼君はしばし黙った。

「……そうするだろう。それが本来の役割だ。真実を知りたい、それが主のご意志だ」

芙蓉は頷いた。

「では、そういうことで」

芙蓉は立ち上がると、文の入った箱を円卓に置いた。蒼君はすぐに袖(そで)にそれを入れ、心底ほっとした顔になる。

芙蓉は袖を翻した。その時、ちょうど食事がさらに用意され、温かな湯気が立ち上って運ばれて来た。その匂いに腹がぐうっと鳴り、彼女の足は自然と止まった。

「包んでください。持って帰ります」

あきれ顔の蒼君などどうでもいい。芙蓉はそのまま部屋を後にした。


同月——十日。

芙蓉は「行儀見習い」のために皇太后の居所、慶寿殿に呼ばれた。

嘘八百の「行儀見習い」だと思っていたのに、朝一から中食までみっちりと女性のあり方、夫にどう尽くすべきか、淑女とはいかがなものか、教え込まれていた。どうも父親似で細かいことを気にしない武人の子のせいか、芙蓉はそうした教養はこれっぽっちもない。祖父も甘やかすばかりで、したいようにさせてくれるから、習ったことすら皆無。

それなのに、蓮蓮だけは大喜びだ。待っている間、仲のよい宮人女官と茶を飲みながらおしゃべりすることができるからだ。あらゆる後宮の噂をかき集めて茶菓子にしていた。

「あぁあ……」

芙蓉は文机の向こうにある円窓の外を見る。慶寿殿の前庭の梅はそろそろ咲き始めそうで蕾みを丸くしている。

宦官は階を鏡でも磨くように拭き、宮人も朝の寒さに凍りでもしたら危ないからと落葉を一枚たりとも残さないように、箒で前庭を丁寧に掃き清めていた。

芙蓉は無意識に墨を端渓の硯で磨り、たっぷりと筆に含め、無駄にゆっくり筆を硯の端で撫でた。そして蟋蟀を一匹、紙の端に描く。

「言ってみれば、皇宮は壺の中ね」

蠱毒をするには、まず蟲を壺に入れて共食いさせ、最後に生き残った一匹を使うと聞くが、ここも大して変わりがない。煌びやかな絹や宝石に囲まれながら争い合うばかりだ。

「あぁあ……」

ため息が再び芙蓉から出る。皇太后は豪奢な絹の衣に玉の髪飾り、金の指輪などをくれるが、芙蓉はそんなものに正直興味が持てなかった。後宮では着飾るのが己の価値を高めるが、求められるのは従順だけだ。

「好き好んで後宮入りする人の気が知れない……」

芙蓉は、この半日というもの、『女論語』や、『女孝経』なるよくわからない理想の女性のあるべき姿が書かれた本をひたすら書き写して、反発とむなしさを感じていた。

――こんなことなら家で好きな算学の問題でも解いていたい。

芙蓉とて道理はわかる。女は親に仕え、夫につくし、男子を産む。それが幸せの一歩であるという世の中の考えは。しかし、せめて婚約者を探す時は芙蓉が学問をすることを止めないような男性がよかった。つまり結婚は、芙蓉にとって深い憂慮であり、恐れで、いつもどこか心の片隅にくすぶっている事柄だった。

芙蓉は重い腰を上げた。

「できました。皇太后さま」

それでもなんとかこの朝だけで本を書き写し、持って行くと皇太后はペラペラと無表情で紙をめくった。

「字は綺麗だな。内容を理解したとは思えぬが」

蟋蟀の絵を指差しながら、皇太后がはじめて笑った。

皇太后は、「行儀見習い」を省略して文使いだけをさせるつもりはないようだ。たしかに、そんなことをすれば疑われるのは必至だが、芙蓉は騙された感が否めなかった。

それでも一通り終わらせれば、皇太后はいつもの優しい人に戻る。

「それで？　蒼君とは上手くやれそうか」

茶をすすりながら、芙蓉は正直な感想を述べる。

「まだよくわかりません。長く待たせたので、不快そうでしたから」

「不快？　それは蒼君らしくないな。もともと温和な性格だ」

芙蓉は首をすくめた。二刻半も待たせたなどととても言えない。

「それで、蒼君さまをわたしは信じていいのでしょうか」

「もちろんじゃ。しかし、丞相の孫娘が酒楼に出入りしているなどという噂は避けねばならない。決して身元が露見するようなことがないように」

「分かっております」

芙蓉は、それよりと身を乗り出す。宮人たちが外に出ていることを確認してから小声で尋ねた。

「鳳凰の簪のことを聞きました」

「うむ」

「調べさせてはくれませんか。師父の教えは身についています。必ず真相を暴きます」

「そなたが学んでいるのは監査についてであろう？　殺人事件のことではあるまい」

「でも、あらゆることを学んでいます。お信じください」

皇太后は少し考える風になった。白磁の茶器を持ち、中身を見てから香りを堪能して一口飲む。そのゆったりした動作を芙蓉は目を輝かせたまま見つめた。茶の湯気がしとやかに茶器から上り、ようやく皇太后はおもむろに言った。

「そなたも書写に疲れただろう。劉公公に庭を案内させよう」

「ありがとうございます！　皇太后さま！」

「うむ」

芙蓉は皇太后に笑顔のまま頭を下げる。

「では、行ってきます！」

早速、芙蓉は疲れた腕を伸ばしながら、皇太后の部屋を出た。宮人たちが十人ほど、付き従おうとしたが、劉公公が止めて二人で後苑へと歩き出すことになった。

慶寿殿から後苑までは少し遠いので、老齢の劉公公に悪い気がして芙蓉は謝った。

「ごめんなさい、脚は大丈夫ですか？　劉公公」

「いやいや、仕事から解放されてご一緒に散歩できるのは、なによりありがたいことですよ、芙蓉さま」

背が縮んで丸くなっている劉公公の優しさに芙蓉は感謝して微笑する。ゆっくりと劉公公の歩調と合わせて歩けば、まだ寒い中、少しだけ春らしい陽射しが差してきて、散歩日和となった。

「こちらでございます」

後苑に入ると、劉公公は庭を一周した。陛下が杭州（こうしゅう）から運ばせたという奇石だとか、新しく作られた滝だとかを見て回り、回廊の彩色が塗り直されたなどと説明を受けていると、魯淑妃と晋徳妃が早咲きの一枝の梅を木陰で眺めていた。美しい陶器の卓を囲って茶を飲んでおり、笑顔で花を指差していた。

「あれは――」

語らう二人には皇太后の居所を訪れた時のような緊張感はなく、頬を緩ませ、まるで姉妹のように見えた。

時折、笑い声も聞こえ、二人とも先日のような暗い色の衣ではなく、白梅や紅梅を思い起こさせる立ち衿の長衫を着ていた。髪型も流行りのもので、化粧も美しく施していたので、それが本来の二人の姿なのだろう。金の耳飾りが陽に当たり、きらきらと輝いていた。

「芙蓉嬢ではありませんか。一緒に茶を飲みませんか。私の手作りの菓子もありますよ」

そのうち、魯淑妃が芙蓉に気づき、涼やかで若々しい声で話しかけてきた。晋徳妃もやわらかな瞳でこちらを見ていた。

「ありがとうございます。ですが、行儀作法を学んでいる最中でちょっとした休憩時間なのです。すぐに戻らなければならないので、また今度、ご一緒させてください」

「まぁ、それは残念なこと」

晋徳妃が、絹に梅を刺繍した団扇を手にした肩を落とす。芙蓉は申し訳なさそうに、拱手をしてから辞した。時折、魯淑妃の咳が背に聞こえるが、二人の声は楽しそうだった。

「お二人は仲がよいのですか」

芙蓉が道々、尋ねると、劉公公は声を潜めて答えた。

「……お二人は入宮時期が同じ頃で、姐姐（お姉さま）、妹妹（いもうと）と呼ぶ仲のようです……魯淑妃さまは第一皇子殿下をご自分の御子のように可愛がっていらっしゃり、第一皇子殿下の方でも魯淑妃さまをもう一人の母と信頼され、お三方の絆はとても強いように見受けられます……」

「そうなのですね。魯淑妃さまは名門出身と聞いていたので、意外です」

入宮時期が同じということは、二人は苦労をともにしてきたということか。身分が低く、後宮で見下されただろう晋徳妃と魯淑妃が親しいのはそういうわけなのだろうと、芙蓉は思った。

しかし、芙蓉は二人と茶を優雅に飲んでいる気にはなれなかった。後宮は茶は一級品で菓子など見たこともないものが出てくるが、味がしないほど緊張する。そんな席に自ら加わりたいとは思わなかったし、宮人が殺害された現場の方が気になった。

「こちらでございます」

そして、ようやく例の現場へと案内された。

この時期には誰も足を運ばない桜桃園だ。人が立ち入れないように、お札がついた縄によってその場は封鎖されていた。

「この木ですね……死体が首を吊っていたのは？」

首を吊った際に使われたであろう縄が未だにそこにあり、ぷらぷらと風に揺れていた。

「はい。さようでございます」

大きな楠だ。枝も立派なものである。

「現場は触っていないのですか」

「皇太后さまがそのまま残すようにお命じになったのです。必ず、芙蓉さまが見たいとおっしゃるだろうからと」

　皇太后はよく芙蓉のことをわかっている。やはりその心づもりだったのだ。彼女は劉公公と並んで木に括(くく)り付けられた縄を見上げた。

「宮人の名前は知っていますか？」

「たしか——関菊花(かんきっか)と」

「関菊花？」

　芙蓉は蔡貴妃付きの宮人の数人を知っているが、関菊花はその一人だ。顔見知りが被害者だったことに芙蓉は正直驚きながら楠を見上げた。枝が高い。たしか菊花は芙蓉よりも少し背が低かった。

「この縄はどこから来たのかわかりますか？」

「庭に放置されていたものでした」

　劉公公の言葉に、芙蓉はあたりを見回した。ここから十歩ほどの場所に滑車のついた井戸がある。小さな井戸だ。そこに野晒(のざら)しの長い縄がぐるぐる巻きにされたまま放置されていた。

「この縄を切って使ったんですね……ずいぶん古そう……」

　芙蓉は腕を組んだ。

前々から用意したものではなく、こんなあり合わせのもので死んだとなると……突発的に自殺したのだろうか。相当何かに追い詰められていたのか――。

「踏み台はなにを使ったのでしょうか？」

関菊花の身長を考えると、かなりの高さのものが必要だったが、あたりには見当たらない。

「あれでございます」

しかし、劉公公は井戸の脇に置いてある小椅子を指差した。普段、そこに座って、宮人たちが食器を洗ったり、作業をしたりする椅子だ。脚のすねくらいの高さしかなく、踏み台にするには低すぎる――芙蓉はそれを持ち上げた。

「芙蓉さま……」

そんなものに触れて怨霊(おんりょう)に取り憑(つ)かれるのではと心配した劉公公が止めたが、つまらない迷信を芙蓉は信じてはいない。

「うん？」

小椅子を楠の下に置こうとしておかしいことに気づく。木は小さな築山(つきやま)の下方にあるので、坂になっており、小椅子はどうしても斜めに置かなければならない。すると、上手く綱に首を置けない。足元がおぼつかないのだ。

――わたしの背は――五尺二寸。台が一尺として六尺二寸。菊花はわたしの背より低いだろうから、おそらく台を使っても届かなかったはず……しかも、踏み台は斜めで安定していなかった……自分で首を吊るとなれば、吊した縄に飛ぶようにしないとならないわね……。

「椅子はどこにあったのですか？」

「ここにありました」

劉公は見たままに、楠の下の小道を指差す。

蹴ってそこに転げ落ちたのか。しかし、それもまた不自然だ。なぜなら築山の際はぐるりと石で囲われているので、踏み台はどうしても石にぶつかって止まってしまうからだ。

──蹴ったのではなく、投げたのかもしれない……。

「おかしい」

芙蓉は何回も椅子を蹴ってみたが、やはり小道までは飛んでいかなかった。

次に吊られた縄の先端を見た。片側は乾いて黒ずんでいる。事件よりずっと前に切られたものだろう。もう片方は新しく切ったものだ。だが、切れ味の悪い物だったのか、縄はほつれ、よれていた。使われたのはきっと錆びた鎌かなにかだろう──。後苑の道具にはそれらしきものはいくらでもあるが、わざわざ死ぬ者がもとの場所に返しにいくだろうか……しかし、ここには縄を切ったと思われる刃物は落ちていない。

「靴はどこにありましたか」

「靴は見つかっておりません」

――自殺ならどうして靴がないわけ？　おかしい……。

「公式に捜査は行われているのですよね？」

劉公公は頷いた。

「公式の発表によれば、着衣に乱れもなく、争った様子もないため、宮人は自らの意思で首を吊ったとのことでございます」

確かに、死体を引きずった痕や争った足跡なども地面に残されていない。しかし、そんなものはいくらでも工作することは可能ではないか。

さらに劉公公は少し言いづらそうに言った。

「死因には確かに不審な点があります。検屍した別の太医は、何者かが宮人を縊り殺した後に木に吊したと主張しておりました。ただこの見解はもみ消され、公式なものとはなりませんでした。穏便にことを終結させたいというのが太医局の意向のようです」

――つまり、皇后派の太医と貴妃派の太医で見解が分かれるということね。

劉公公がため息をつく。

「この場所は鬼門です。数十年前にも一人、そこの井戸で死にました」

「それは……どうして？　だれが死んだのですか？」

「さあ……私めもまだ駆け出しでございましたのでよく知らぬのでございますが、どなたかの乳母だったらしいのです。とにかくそういう気味の悪い場所なのです」

「…………」

芙蓉はこれ以上ここにいても仕方ないので動き出した。途中、急に暗くなったかと思うと、はらはらと小雨が降り始めたので涼亭に立ち寄った。遠慮する劉公公の袖を引っ張って、二人は並んで座って考える。

「劉公はどう考えているのですか？」

「さぁ……ただ、貴妃さまの宮人が殺されたのです。恐れ多いことですが、皇后さまの簪を持っていたのは、証拠の品。皇后さまの仕業ではというのがもっぱらの噂です」

芙蓉は疑問を呈する。

「でも、逆に貴妃さまの仕業という可能性があるのではありませんか。皇后さまの仕業に見せかけたのかも……」

老いた宦官はため息をつく。ほとほと困っているらしい。

「芙蓉さま、この事件は複雑です。宮人が死んだのは大した問題ではありません」

「大したって……」

「宮人や宦官は、半月に一人はなんらかの事情でこの後宮で死んでいます。しかし問題は、皇后さまの象徴とも言える鳳凰の簪が死体の頭にあったことです。明らかに皇后さまは簪を紛失された。ここに大きな落ち度があります」

体面の問題だ。皇帝から下賜された鳳凰の簪は二つとない。それをなくした上に死体の髪に挿されていたなど、たしかに後宮では大問題だった。

「恐れ多いことですが、後宮で皇后さまには人望がありません。噂は皇后さまに不利なものばかりです」

芙蓉は首を傾けて耳飾りを揺らすと、腕を組んだ。


それから五日後。

酒楼の旗の色が青くなったと報告を受けたのは、芙蓉が祖父と中食を取っていた時だった。

蓮蓮が祖父の後ろに控えながら、四角を宙に描き、青い袖を振ったので気づいたが、祖父が昼寝をするまでは出かけられなかった。

芙蓉は祖父の肩を揉んだり、詩を朗読したりと眠気を誘ってみたものの、元武官の年寄りはなかなか寝付かなかった。

「はぁ」

完全に祖父が眠ったのは未刻をとうに過ぎていた。またあの貴公子になにか言われると思ったが仕方がない。こちらは自由がきかない身なのだ。

酒楼に着くと、芙蓉は階段を駆け上がった。戸を開ければ、朱色の窓枠に座っていた蒼君はぱしりと扇子を閉じた。

「遅い」

ずっと、そこで芙蓉の馬車が止まるのを待っていたのだろうか。しかし、遅れるのは想定の範囲だったのだろう。態度ほど、怒っているようには見えなかった。

「なかなか家を抜け出せなくて、申し訳ありません」

「人を待たせるのは良くないと学ばなかったのか」

「苦労して塀を乗り越えて来たんです」

芙蓉は、もう面倒だとばかりに被っていた笠を取った。皇太后が信用していいと言ったなら彼とは仲間だ。こちらが時間に遅れた。少しは誠意を見せた方がいい。拱手して謝罪したが、その組み手を間違えた。男性の拱手は左手を上、女性の拱手は逆である。凶事のみ左右が逆になるので芙蓉は慌てて直した。

「遅くなりました。申し訳ありません、蒼君さま」

「…………」

蒼君はしかし、それについて気づいた様子はなかった。ただ芙蓉の顔を見て少し瞠目した。芙蓉が息を切らせているせいでも、謝ったからでもない。男離れした容姿にだろう。蒼君はわずかに狼狽し、そして何ごともなかったかのように花鳥風月が描かれた絵を背に着席した。

「小響、文は？」

「文はもらってません。そちらがあるのでは？」

「文はないが、ご命令があった。後宮で分かったことがあれば教えて欲しい。俺から主にそれを口頭でご報告する」

芙蓉は息を整えるために水を湯提点からがぶ飲みし、袖で口を拭った。女とばれないようにわざと無作法に振る舞う。

「皇后派と蔡貴妃派の太医で見解が分かれるところですが、僕が見たところ、宮人は他殺です。蔡貴妃も皇后による殺害を訴えていますが、皇后は貴妃の自作自演、あるいは貴妃が鳳凰の簪を盗み出させ、怖くなった宮人が首を吊ったと主張しているようです」

「いささか皇后に分が悪いな。あまり辻褄が合わない」

「たしかにその通りです。皇后は鳳凰の簪を失っているのです。申し開きはできません」

「ほかには？」

「首つりに使われた縄は庭に放置されたものと切り口が一致しました。長い縄を切って使ったと思われますが、周辺に鋏など刃物は見つかりませんでした。しかし縄は鋭利なもので切られておらず、後苑の農具を使ったのではと僕は考えます。また被害者の靴は見つかっていません」

「なるほど……」

後宮に出入りできない蒼君は芙蓉の話に黙って聞き入りながら、炙るように手を火鉢に当てる。芙蓉は身を乗り出した。

「そちらはなにか分かったのですか」

「これを」

手渡されたのは、貴妃一族の名が書かれた紙で、いくつかに朱の墨で線が引かれていた。

「ここ十日で失脚した者たちだ。皇后一派が不正を暴いて、我が主も苦渋の選択をした」

我が主──つまり皇帝。皇帝は蔡貴妃を溺愛しているから、蔡貴妃の一族が政治の舞台から追われるのは許しがたいことに違いなかった。

いや、逆かもしれないと芙蓉は思い直した。

師はいつだって一方からものを見てはならないと言っている。

貴妃の弟は皇帝の股肱の臣下。親政を行う上で必要な人物だ。それゆえに蔡貴妃は愛されていると言っていい。もし蔡貴妃が失脚するなら皇帝は側近を失い、手足をもがれてしまうことになる。

「この件は策略を感じますね」

「それは同感だが──。小響はいくつだ。まるで大人のような口ぶりだな」

芙蓉はドキリとした。姿形は少年だが、実のところ二十歳である。

「十六です。十六は十分に大人です」

「背も小さいし、髭も生えていない。それのどこが大人だ」

「人を見た目で判断しないでください。十六のなにがいけないんですか」

「こういえば、ああいう。面倒な子供だな」

「子供っていうのやめてください。十六は立派な大人です。酒だって飲めるんですから」

そこに侍女たちが食事と酒を運んで来た。先日、気に入った蟹と葱の羹もあった。芙蓉はすぐに匙を手に取った。それが微笑ましかったのか、蒼君は一瞬笑ったが、酌をした侍女の指が自分の手にぶつかると、眉(まゆ)を寄せた。

「も、申し訳ございません」

侍女はしきりに謝るも蒼君は、

「よい。問題ない」

とだけ言って距離を置こうとする。

普通なら、可愛い侍女であるし、「大丈夫か」と尋ねながら「家はどこか」などと口説くものなのに、気遣いの言葉すらなかった。

芙蓉はじっと訝(いぶか)る視線で窺(うかが)った。そしてどこか居心地が悪そうな蒼君を見つけた。

——もしかして……この人、女性が苦手とか？

芙蓉は蒼君は女性が苦手と見た。咳払(せきばら)いをして下がるように促しているし、持っていた杯を卓に置いた。ぎこちない動きは、それを隠すためなのではないか。

——なるほどね。

ようやく皇太后が芙蓉に男装させたわけが分かった。

蒼君は女が苦手なのだ。

だから芙蓉に男の恰好(かっこう)をさせたのだろう。地獄耳の皇太后は皇宮で起きることならなんでも知っている。

美男で頭もいい高貴な男。欠点がないかと思っていたが、そうではなかったことに、芙蓉はなぜかほっとする。

——理由は聞かないほうがいいよね。

人には聞かれたくないこともある。あえて尋ねるのは、どうしても必要な時だけ。今はその時ではない。

芙蓉は何ごともなかったように料理に手をつけた。

山煮羊——羊肉を葱と花椒、杏仁でことことと煮た煮物である。肉汁が汁に染み出て、柔らかかった。花椒の薫りも高く、羊肉特有の臭みは抑えられ、ちょうどいい具合だった。

「ここの料理は一級ですね、蒼君さま」

「小響は世間知らずのようだな。ここより旨い店はこの広い麗京にはいくらでもある」

「僕の口に合っているという意味です」

負けじと芙蓉は言い返した。そして箸を振り回しながら続きを急かす。

「それで？　蒼君さま。他になにか分かったことは？」

「少なくとも皇太后は中立だ。丞相も動かない」

「そりゃ——」

当然でしょうと言いかけて芙蓉は止めた。身元がばれる。

「そりゃ——今回のことを見ていればわかります」

「そうだな……ああ、気の毒なのは、晋徳妃だ」

「晋徳妃がなにか？」

気の弱い晋徳妃がまた皇后と貴妃の間で困っているのだろうか。

「晋徳妃の親族が皇后の一派によって左遷された」

「晋徳妃の親族が？」

「遅かれ早かれ、魯淑妃の一族にもなにかあるだろう。蔡貴妃派だからな。今、二人の妃(きさき)の周辺も調べている」

二人は蔡貴妃の陣営にいるので影響は免れないということか。

「後宮の妃嬪(ひひん)たちすべてが二分化するだろう」

蒼君は当たり前のように言った。芙蓉は、春餅(シュンピン)——葱や白菜、ダイコン、カブ、ヨモギなどを細切りにして蒸したものを酢で味を調え、小麦粉で作った皮に包んだものを一口でぱくりと食べた。

こってりした羊肉の後にさっぱりした春餅を食べるのは、箸休めにちょうどいい。余裕を見せるためにわざと食欲が湧いているふりを芙蓉はしていたが、この酒楼の料理は本当に旨かった。

自然と食が進む。腹七分目などと言っていたのをついつい忘れてしまうほどに。

「まったく呆(あき)れる食欲だな。家で食事は出ないのか」

「それはそれ、これはこれ。育ちざかりなのです」

「まぁ……十六といえば、そうだな……」

蒼君は茶を一口飲み、話題を探すように尋ねた。

「それで科挙の勉強はいいのか」

芙蓉はそれを考えると頭が痛くなった。この任務を遂行しなければ、科挙の問題を解いて採点してもらえないが、その分、勉強の時間がなくなる。

「ええ……まぁ。三年ぶりに行われる科挙なので、準備はできています。あとは受けるだけ。後悔はやるだけやってからです」

「そうか。それならいい。あまり気負わずに受けるんだぞ」

「はい。ありがとうございます」

芙蓉を気遣ってくれる蒼君に小さく頷(うなず)いた。初めこそ、嫌みなヤツだと思ったが、皇太后が言うように温和な性格なのかもしれない。

「もしわからないことがあれば俺に聞いてくれ。邸(やしき)に書物も多い。助けになるかもしれない」

「ありがとうございます。助かります」

「よく食べ、よく眠り、本を読むことだ。それが一番の勉強法だよ、小響」

「それに関しては僕は立派にやり遂げていると思います。特によく食べるということに関しては」

蒼君が笑った。そういう屈託のない笑顔はいい。芙蓉もつられて微笑んでしまう。彼は美形だから、なおさら魅力的に見える。

「蒼君さまも書物を読むのがお好きなのですか」

「乱読だ。これが好きだと読むというより、手当たりしだいあるものを読む」

「それが一番です」

芙蓉は書について蒼君と話してみたかった。乱読というくらいだから六芸(りくげい)の算術なども嗜(たしな)みがあるかもしれない。芙蓉は算術が好きなので、話の合う人がいればいいなとずっと思っていた。

「もしや、五曹算経(ごそうさんけい)のような算術の本はお持ちですか」

「五曹算経？　ああ。算術の書は一通り集めてある。時間があるときによく問題を解く」

芙蓉は目を輝かせた。もし借りられればこれ以上の喜びはないし、それについて語り合える人を見つけたのも初めてだった。師から出された問題のうち、わからないものを蒼君に尋ねてみようかと思ったが、その時、瓦(かわら)を踏みしめる音を聞いた。

芙蓉がはっと立ち上がろうとした時には、すでに蒼君は剣を握り、いつも戸の前で待機している長身の護衛は部屋の中にいた。

「何者だ！」

「……やれ！」

夕暮れの陽射しの向こうから二人の黒衣の男が窓を突き破って中に飛び込んで来た。

手にしているのは長剣ではなく短剣。

狭い部屋での接近戦で都合がいい凶器だ。

花瓶が倒れたかと思うと、絹の帳(とばり)は高い音を立てて裂け、剣が交わる音が響く。

蒼君とその護衛が持つのは長剣。

動かす度に部屋の調度や壁に切っ先が当たり、身動きを取るのが難しい。

蒼君は柱に剣が食い込んだのを、すんでのところで引き抜いて相手の一撃を頭上で食い止めた。

――完全に狙いは蒼君さま――。

刺客の一人が蒼君の護衛を引きつけ、もう一人が蒼君を殺す。その手はずで動いている――。

芙蓉は唇を固く嚙んだ。

自分も剣を抜いてもいいが、四人は乱れるように狭い一室を動いている。下手にここで芙蓉が剣を振り回せば、味方を傷つけてしまう可能性が高い。

蒼君が突き飛ばされると卓の上に打ち付けられた。皿が床に落ちて割れ、ご馳走が散らばる。

刺客はどちらも大男だった。

腕力が、細身の蒼君に遥かに勝っていた。衝立が壺をなぎ倒した。

「危ない！」

芙蓉は蒼君に大きな声を上げた。

「この！」

芙蓉はとっさに落ちていた杯を刺客に投げる。命中した時酒が入ったのか、刺客は一瞬目を閉じ、その隙をついて蒼君は腹を蹴飛ばした。

「行くぞ！」

芙蓉は蒼君になにを言われたのかわからなかった。ただ腕を摑まれたまま、部屋を出て、抜き身の剣を片手にした蒼君とともに階段を駆け下りる。

すれ違った侍女が「きゃぁ」と声を立てて盆をひっくり返したが、二人はそのまま店を後にした。

「に、逃げるのですか！」

「相手は玄人の刺客だ。戦っても勝ち目はない」

「あの戸の前にいた護衛の人を助けなくていいんですか⁉」

「李功のことか。あれなら心配ない。俺さえ無事なら己の身は守れる」

奇しくも、今日は一月の十五日。元宵節――。

街には工夫を凝らして作られた色とりどりの動物や花の形の提灯が飾られ、見物に訪れた人々と、それを目当てにした屋台や、火を口から吹いて見せる奇術師などであふれかえっていた。芙蓉たちは追っ手が迫ってくるのを感じながら、人混みに紛れる。

「どこに行くんですか！」

「とにかく逃げるんだ！」

蒼君は芙蓉の手首を握ったまま人の流れに従った。

振り返れば仲間なのだろう。刺客らしき黒衣の男たちがこちらを追っていた。一人ではない。三人もが剣を握ったまま跡をつけてくるが、着飾って薄布提灯を片手に歩く浮かれた街人には抜き身の剣が見えていない様子だ。

街では龍を象った人形を数人で回して踊る龍舞が披露され、銅鑼や太鼓が鳴り響いていた。「いいぞ！」とサンザシ飴を持った人々が手を叩いて、その見事さを讃えた。

芙蓉と蒼君はそんな中、息を切らせて走った。

人をかき分け、とにかくまっすぐに五丈河にかかる梁院橋に向かおうとした。しかし傀儡芝居やら軽業などが橋のたもとで披露されているので、人が溢れ、馬車や荷車などがいるのもあって、ほぼ動かない状態だった。

芙蓉は蒼君の腕をひっぱった。

「どうした⁉」

「こっちに！　脇道に逃げましょう！」

露店の横にある入り組んだ脇道を曲がる。二人は暗い道へと走り入り、追いかけて来た刺客から身を潜めるため、積まれた竹かごに抱き合うように隠れた。芙蓉の心臓は飛び出そうなくらい動悸がした。なにしろ男に抱きしめられることなど生まれてはじめてだ。胸の前で手を握りしめ硬直したが、蒼君は追っ手に気を取られて視野に入らない。

――どうしよう！

蒼君の息が耳もとをかすめ、乱れた鬢の一房が頬を撫でる。

芙蓉は頬が赤らむのを感じた。夜で灯りがないのが救いだった。さもなくば女だとすぐにバレてしまっていただろう。

「行くぞ」

蒼君は刺客が通り過ぎたのを確認すると、芙蓉の腕を摑んで、もと来た道を戻った。あたりを見渡せば、開宝寺の塔が北東に見える。このまま南西に進めばいい。

「こっちです！」

人気のない脇道から灯りももたずに大通りに迷わずに出られたのは、ひとえに灯籠(とうろう)が灯(とも)った塔のおかげだ。

梁院橋は相変わらず混雑していたが、追っ手の姿は見えず、人の背に隠れるように二人は紛れ込んだ。

額に汗が湧き、背中にも滴り落ちる。

橋を渡り切りさえすれば、さらに賑(にぎ)やかな馬行街。人が多く、隠れるのに恰好(かっこう)だ。

爆竹が鳴り、人々の声はさらに大きくなった。

「どこに行けばいいか……」

「僕の邸に行きましょう」

「この先か」

「ええ。橋を越えればすぐそこです」

身元が知られるなどと言っていられない。死ぬか生きるかだ。芙蓉の家は武門の出ということもあり武官が多く寄宿している。芙蓉を守ってくれないはずはない。

その時、ドンという音がした。

一斉に人々が「おお」と声を上げて頭上を見上げた。

花火が皇宮の夜空高く次々に上がって、火の粉がはらはらと散る。

同時に一斉に願いごとが書かれた提灯が橋から飛ばされた。

赤もあれば、黄色もある。

緑に紫。花火と同じだけ美しい提灯が空を飛ぶ。それは幻想的な景色だった。

「綺麗……」

芙蓉は思わず刺客に追われていることも忘れて口をあんぐりと開き、見上げてしまう。

いつもは邸から見ることしかなかったので、こんな風に間近に迫って見たのは初めてだった。それが、手が届きそうなくらい近くにあり、街を昼のように照らしている。

火の粉がはらはらと舞うのは、桜花の花弁が散っているかのようで、芙蓉は思わず手を空にかざした——。

「危ない！」

蒼君が叫んだ。

矢だと気づいたのは次の瞬間だ。三本が続けざまに頭上をかすめ、橋の欄干に刺さる。

きゃぁっという甲高い女の声とともに、人々は混乱状態に陥って、一斉に左右に逃げ出した。

すぐに蒼君めがけて次の矢が射られた。しかし武に優れている彼はさっと身を翻して避(よ)けた。

「あっ！」

ところが、その後ろには十歳ばかりの子供がいた。芙蓉は頭が働く前に体を動かし、気づけば少年に飛びかかって地面に転がっていた。ぎゅっと抱いた少年の体が柔らかかったのは覚えている。だが、記憶はすぐに途切れた。頭を欄干に強(したた)かに打ちつけ、意識が朦朧(もうろう)としたからだ。

「小響！　小響！」

かすか、耳の遠くに蒼君が自分を呼ぶ声を聞いたような気がした。

第二章　反目の後宮

蒼君は倒れた芙蓉を前に立ち尽くした。

彼女に助けられた少年は、家族と思われる男に抱きつくようにして逃げ、群衆の中に消えた。

「おい！　小響！　大丈夫か！」

蒼君が芙蓉を助け起こそうとした時、目の前の橋の上に覆面をした黒衣の刺客三人が現れた。握られているのは長剣。

どうやら酒楼にいた二人とは別のようだ。

「誰の指図で俺を狙っている！」

「…………」

「俺が誰か知ってのことか！」

刺客たちは蒼君の問いには答えずに剣を振るう。

蒼君はすぐに背を後ろに反らせ、紙一枚ほどのぎりぎりのところで切っ先を避けると、斜め下から振り上げた次の一撃も剣ではじき返した。

三人目がすかさず左から襲ってくる。

蒼君は親骨に象牙が入った扇子をひらりと懐から取り出し、それで辛うじて受け止めたが、パキンと象牙が折れる音がした。

――埒があかない。危険過ぎる。

三人を蒼君が一人で倒すのは無理がある。

しかも、相手は玄人だ。剣さばきはすさまじく、人を殺すのをなんとも思っていない。一分の躊躇もないのに、恨み辛みは感じない。無感情に人を殺す。これ以上に恐ろしいことはなかった。

蒼君は、必死だった。

こちらは追い詰められた鼠。

河に飛び込むという手も蒼君にはあったが、そうなれば気を失った小響を一人残すことになり、連れ去られたら大変なことになる。

「くそっ！」

思わず悪態が蒼君から出る。しかし戦っているうちに、三人の中に腕が劣っている人物が一人いることに気づいた。若いのだろう、俊敏ではあるが、剣の腕は自分と同等くらいで、勢いばかりで押してくる。

あとの二人を剣で押しやると、蒼君は若者に向かい合った。

覆面の若者は焦るようにわずかに殺気を出し、こちらにかかってきた。

蒼君は一瞬の隙をついて、その手首を斬った。ガランと音を立てて剣が橋の上に転げ、欄干にぶつかると、そのまま河に落ちた。

すかさず、刺客は懐から匕首を取り出す。

「準備のいいことだな」

あとの二人も、同時に襲いかかろうと剣を振り上げた。

「蒼君さま！」

しかし運がいいことに、そこに護衛の李功が現れた。傷一つない。酒楼にいた二人の刺客を片付けた上で追って来たのだ。頼もしい。

「お待たせしました」

「助かった」

李功は主を背に隠すように立つと、匕首の男の喉を一撃で切り裂き、もう一人と剣を突き合わす。

蒼君が戦うのは一人だけとなった。なんとかなるかもしれないと希望が生まれる。

蒼君は剣を振るった。

相手はそれを読むように止め、十字に重なりあった剣がぶつかり合う。両手でしっかりと柄を摑みぐいっと押すが、相手の力は強い。蒼君はどうしても押し戻せない。

「くそっ」

ずずと土埃をまき散らしながら、蒼君は欄干まで後退させられてしまった。後ろに反るようにして耐えるも、このままでは河に落ちてしまう――。

――まずい！

しかし、背後から「ピィー」という笛の音がした。

なんの助けか、騒ぎを聞きつけた麗京府（警察及び裁判所）が仲間を集める笛の音を鳴らしたのだ。それが夜の闇を破るように響き、人々からざわめきが起こった。

――助かった。

遠くから武具の音も聞こえ、通行人が左右に道を空けるのが見えた。刺客もそちらに気を取られたのか、剣を握る力が緩んだ。

――今だ！

蒼君は気をそらした刺客の腹を蹴って距離を作ると、剣を構え直す。

「くっ」

まずいと思ったのか、対峙していた刺客は左右を確認してから、再び開宝寺の方角へと逃げようとした。

しかし、蒼君はその隙をついて刺客が顔を隠していた布を切った。

布は半分剝がれ落ち、傷のある顔が露わになった。男はそのまま走り去ろうとする。

蒼君は一瞬、追おうとしたが、すぐに踵を返した。小響を一人にはできない。

「小響！」

蒼君は駆け寄った。

彼女はまだ同じ場所に倒れていた。蒼君は動かないその肩を揺する。

「おい、大丈夫か」

蒼君が話しかけても返事がなかった。小響の頬を軽く手のひらで叩いてみたが、それにも反応はない。

——まずい。

皇太后の使者に万一のことがあったら大変だ。蒼君は小響の首筋に手を当てた。

——脈はある……気を失っているだけだ。

一方、李功が相手をしていた刺客は逃げ場を失っていた。麗京府の兵士が現れ、橋の両端を、槍を持って囲ったからだ。

「言え。誰が殺しを命じたんだ」

「…………」

「言えば、命だけは助けてやる」

地面に押しつけられた刺客は、李功の言葉に、キッと睨んだが、すぐにきつく目を閉じた。毒を飲んだと気づいた時にはもう遅い。

刺客は痙攣し呼吸困難に陥ったかと思うと息絶えた。

「申し訳ございません……蒼君さま」

李功が小響に付き添っている蒼君に詫びる。

「仕方ない。死を覚悟して襲って来ていたんだ。どうせ捕まえても口を割りなどしなかった」

「御意」

李功が死んだ男の覆面を取って顔を見た。二十代半ばに見える顎鬚（あごひげ）のある男だった。

「知らない顔だな。お前はどうだ、李功」

「知りません。見たこともありません」

「死体は邸（やしき）に連れ帰るように」

「麗京府はいかがなさるのですか」

麗京府が死体を寄こせという可能性は大いにあった。

「こちらの素性を明かしても渡すな」

「御意」

そこに麗京府の隊長かと思われる髭面の男が大股（おおまた）でこちらにやって来た。横柄に上から下に蒼君の姿形を確認してから、見下ろすようにその前に立った。

「騒ぎを起こしたのはお前たちか」

「騒ぎを起こしたのではない。巻き込まれたんだ」

「お前、麗京府に向かってなんという口の利き方だ！」

「無礼者」

麗京府の隊長は腕を上げて蒼君を叩こうとしたが、その腕を李功がとっさに摑んだ。

「なんだと!?」

隊長は手を振り払おうとしたものの、李功はびくともしなかった。隊長は瞠目し、さらに抵抗しようともう一方の拳を握った――。

しかし、李功はそんな男など相手にせず、手首をぱっと離すと、よろめいた隊長に冷ややかな声で言った。

「こちらは第七皇子の斉王殿下だ。無礼は許さない」

小声でそういえば、隊長は狐につままれたような顔をした。

蒼君は面倒くさそうに手を振った。跪かなくていいという仕草だ。

李功が隊長に斉王府の腰牌を見せる。

隊長はそれを手に取ると震えた。もう少しで皇子を殴りそうだったのだから当たり前だ。先ほどまでの勢いはどこへやら。平身低頭になる。

「も、申し訳ございません。存じ上げなかったとはいえ、ご無礼のほど、ご容赦ください」

「頭を上げよ。こちらも微行である。追い剝ぎから財布を取り戻そうとしていただけであるし、事を大きくしたくない。死体はこちらで片付ける」

「ぎょ、御意」

互いの言葉は小さく、まわりには聞こえていなかったはずだ。

麗京府の隊長はすっかり威厳を失い、部下たちに撤収を命じた。

「李功、早く馬車を用意しろ」

「かしこまりました」

「後のことは頼んだぞ」

もちろん、死体のことを意味する。

「御意」

蒼君は小響を背に担ごうとしてその片衿を摑んだ、ぐいっとひっぱりすぎて、衿がはだけた。

――あっ。

思わず蒼君は、小響を地面に落としそうになった。緩んだ衿から胸当てが見えたからだ。

――小響が女!?

蒼君は、驚愕で立ち尽くした。

後宮で生まれ、女の恐ろしさを嫌というほど知り、母を殺された蒼君は、女というものがどうしても苦手となった。それなのに、少年だと思っていた小響は女性だった。急にあれやこれやを思い出す。手を摑んで走ったことも、抱きしめるように隠れたことも――。

――まずい……。

混乱し、焦り、苦しくなる――いや――そうはならなかった。いつもなら、居心地の悪さと嫌悪感を抱くとそうなるのに、今も蒼君は小響の衿を握ったままだった。

「殿下」

　馬車が横づけされた。

　李功が代わりに小響を担ぎ上げようとしたが、蒼君はとっさに彼女を奪うように手を握った。そして乱暴に衿を直すと、肩に担ぐのではなく、横抱きにする。ぐったりとする小響の細い体が力なく、今にも折れてしまいそうに見えたからだ。

「殿下、そのようなことは私が――」

　長く仕える李功は明らかに戸惑っていた。皇帝の息子であり、王たる者が小者を抱き上げるなど身分に障ると言いたいのだろう。

　蒼君は言い訳がましくならないようにぶっきらぼうに答えた。

「頭を打っている。そっと運んだ方がいい」

　目が泳いでいたのは気づかれなかっただろうか。

　李功はさらに当惑した様子になった。

「は、はい、しかし……」

「皇太后さまの手の者だ。怪我をさせたとなれば問題になるかもしれない。早く医者に診せなければ――」

「すぐに呼びに行かせます」

　李功は、配下が現れると医者の手配と死体の運搬を指図しはじめた。

　蒼君は少し安心し、小響を抱いたまま踏み台を上って、慎重に馬車に乗せた。まだ花火は続いていて、時折明るくなる光が中に差し込むので、小響の白い顔がその度に浮かび上がっては闇に消えた。

「これが男だと思っていたとは俺はなんて愚かなんだ……」

頭をそっと床に置いたつもりなのに、小響の小冠が外れて崩れた長い髪が肩に掛かった。美しい娘であるのは間違いない。

——誰だろう。

皇太后の女官かもしれない。

——いや、家が梁院橋より南にあると言っていたから、場所柄、劉公公に関係する者の可能性が高いな。

宦官は結婚することも養子を持つことも本朝では許され、裕福な者なら皇宮の外に邸を構える。

宦官最高位の劉公公の邸が、重臣たちの邸宅と並んで東華門近くにあるのは誰もが知ることで、皇太后からの賜第だというのも有名な話だった。誰にしろ、丁寧に扱わなければならない人物なのは間違いない。

——やはり気づかないふりをした方がいいか……。

わざわざ男の恰好をして行動している。訳を尋ねるのは今回の任務上、適切ではないかもしれない。李功にも黙っていようと蒼君は思った。

——それにしても……。

髪がしどけなく頬にかかる小響の美しさに、蒼君は吐息を漏らし戸惑った。

蒼君は、西教坊にある隠れ家に小響を連れて行った。

麗京は百万都市で、都には三つの城壁がある。外城は四十里あまりで幅は十数丈。内城は二十里ばかりでそれぞれほぼ正方形をしており、最後に皇城がある。

蒼君の隠れ家は、皇宮から遠く離れた外城の南西、つまり都の端にある。庶民の家や中級貴族の別宅がある静かな場所だ。

趣味のいいこの家を造らせたのは三年前で、内城の繁華街の喧騒から逃げるように蒼君はここで大半を過ごす。近所の者は、誰も彼が皇族であることを知らないし、付き合いも断っていた。

その離れに小響を運ばせたのは昨夜のこと。彼女はまだ目覚めなかった。医者はじきに目を覚ますと言ったが、「じき」とはいつのことか。

「本当に大丈夫なのだろうな」

何度目かわからないほど、同じことを医者に問うた。白髭の医師は相手が皇子であることなどつゆ知らず、富貴な青年くらいにしか思っていない様子で少々うんざりぎみだ。

「はい。出血もなく、打ったのは幸い悪い位置でもありません。じきに目覚めましょう」

医者は、なかなか納得しない蒼君にもう一度言った。

「お嬢さまは、そのうち目覚められます。そんなにご心配されますな」

お嬢さま、その言葉に蒼君は小響が女であることを突きつけられた気がして喉(のど)が詰まり、医者を睨(にら)む。

「今日、どこで誰を診察し、なにをしたか、一切口にしないように」

「は、はい……承知しております」

医者は金を受け取ると薬箱を抱きかかえるように走って帰った。だから蒼君は芙蓉が目覚めるのを一人、茶を片手に冷静を装いながら待つほかなかった。

——一体、いつ目覚めるんだ……。

そんなわけで蒼君——第七皇子にして斉王の趙蒼炎(ちょうそうえん)は、目覚めぬ人を書斎で待っていた。

そして時折、離れの戸を開け閉めする音を聞いてはっとするが、たいていが侍女の出入りだ。

——思えば、小響がさっと羅(うすぬの)のついた笠(かさ)を外した時、女だと気づいてもよかった。美しい顔(かんばせ)は菖蒲(しょうぶ)のようで、どちらかというと中性的に見えた。身動き、佇(たたず)まいも女性にしてはしっかりとし、まるで武術を習っているかのように颯爽(さっそう)としていたから見誤ってしまったのだろう。

「お目覚めです」

侍女がそう報告したのは、もう昼に近い刻限だった。蒼君はぎゅっと拳を握り、

「そうか」

と言って書斎から下がるように言おうとしたが、侍女は続けた。

「小響さまがお礼を言いたいとお呼びです」

「…………」

女の寝所に入ってはならない。しかし、小響は「男」である。ここで断れば、女だと気づかれたことを悟るだろう。蒼君は大きく息を吸い、ゆっくりと吐きながらもう一度、言った。

「そうか」

足を重く感じながら小響のいる部屋の敷居を跨いだ。

「蒼君さま」

小響は寝台にはおらず部屋の中央に立っていた。しっかりと髻を結い、背の高い蒼君の衣をたくし上げるようにして着ている。どこから見ても良家の御曹司。しかし、女だとばれないために自分で着たのだろう。どうもその着付けは不恰好で微笑ましくさえあり、蒼君はわざと憎まれ口を叩いた。

「どれだけ、皆を心配させたと思っているのか。わかっているのか」

心配したのはほとんど蒼君自身であるが、そうは言わない。

「申し訳ありません。あの、助けた子供は無事でしたか」

「無事だ。礼も言わずに家族と思われる男と逃げて行ったが」

「そうですか……良かった」

『良かった』といえる人の良さに蒼君は呆(あき)れた。

「それであの……なにかおかしなことはおこりませんでしたか……」

「おかしなこと？」

「いえ、その……侍女がなにかを言ったとか……医者が診察に来たらしいですが、その時なにか言ったとか……」

それは小響が女であると侍女や医者が言ったかどうかという意味だろう。さぐるような目でこちらを見たが、蒼君は目をそらしてすっとぼける。

「おかしなことならたくさん起きた。刺客は俺一人のために合わせて五人もいたし、一人は捕らえたが、自決した」

「自決？」

「拷問で口を割らないために自害したんだ」

小響は自分が女とバレていないことを確認するとほっとした面持ちになり、そしてすぐに顔を改める。

「刺客が自決したとなると、単なる腕っ節のいい寄せ集めではなく、刺客として生き、刺客として死ぬことを運命づけられた者のようですね。主(あるじ)はかなりの人物なのでしょう」

「そのようだ」

「それだけの刺客を五人も集めるのは簡単なことではありません。刺客の集団を飼っているのかもしれません」

小響はそう言うと、ゆっくりと椅子を引いて座り、侍女が注いだ茶を口にする。自然、蒼君もその前に座り茶を飲んだ。

彼女は思考するときは、落ち着くことがなによりも大事だと知っているようだ。普通なら、あんな目にあったのだから家に帰りたいと言い張るだろうに――。

「昨夜の刺客の身元は分かりましたか」

「いや、なにも。ただ、手がかりは矢だけだ」

蒼君は証拠の矢を一本、持って来るように家人に命じた。すぐに運ばれて来た矢を小響の方へと渡すと、彼女は興味深そうにした。

「異民族の矢ですね。兵部（へいぶ）で作っているものとは違います」

「……どうしてそう思う？」

「矢じりが違います。簡単なことです。兵部に問い合わせてください」

どうしてそんなことを知っている？　と問いたくてならなかったが、蒼君はぐっと堪（こら）えた。

「死体を見せてもらえませんか」

「死体を？　お前が見るのか？」

女なのに？　と言う言葉も蒼君はしまった。

男しか死体を見られない道理はない。棺桶（かんおけ）に死体を入れるのは男とは限らないし、死んだ主人に死に化粧を施すのも女がすることが多い。偏見はよくない。が、刺客の惨殺死体を見たい？　そう言い出す者は誰であれ少ない。

「なにか不都合ですか」

「いや……不都合などなにもないが……」

「では早速。納屋かどこかにあるのですか」

小響が立ち上がりかけた。蒼君は不思議に思った。

「どうして死体がここにあると思う？　麗京府に引き渡したとは考えないのか」

小響はにこりとする。

「蒼君さまがそんな不手際をされるはずはありません。麗京府に渡したら最後、謎は闇の中ですから、調査のために引き渡すとは思えません」

こちらの身分も状況もお見通しだと言われたようで、蒼君は頭が痛くなった。

「こっちだ」

小響が言う通り、死体はまだ納屋にある。百分の一でも刺客の顔を小響が知っている可能性があるなら見せても利はある。

李功が納屋の建て付けの悪い戸を開けると、刺客たちは台の上に寝かされていた。

小響は眉を顰め、四人の男たちの顔をまじまじと見て回った。

「刺客たちは皆、異民族のようだ。知っている顔はあるか」

「いいえ。全く」

小響は手を背に組み、一人一人の顔を覗き込み、そして毒を飲んで死んだ刺客の前で止まる。

「この者だけ我が国の者のように見えます」

「どうしてそう思う？」

「他の者より鼻が低く、えらが発達しておらず丸顔、やや背が低いです」

蒼君は舌を巻く。確かにそう言われてみればそうかもしれない。死体の青白い顔はどれも同じように見えていたから気づかなかった。

小響は平気な顔で死体に触れた。腕に「乙」のような形の黥を見つけると、蒼君の方を振り向く。

「黥は刑罰で入れられたものでしょう。意匠によって入れられた地域や時期、犯した罪がわかりますから、きっと身元を明らかにする手がかりになります」

「そうだな……」

蒼君は圧倒され気味に頷くしかなかった。小響は続けた。

「死体は着替えさせましたか」

「いいや……」

小響は黒衣の衿を少しめくる。白い下着が見えた。

「黒い上衣では異民族と同じ合わせが左前。しかし、下着は見てください。この自決した男だけは右前です。普段、右前に着ているのを、左前に着たため、このようなことが起きたのではありませんか。急いで着替えたのかもしれません」

蒼君は小響の洞察力には畏敬(いけい)の念すら抱く。異民族は衣を左前にこの国では右前に着る。つまり、この刺客は異民族を装って身分を知られないようにしていたのではと言っているのだ。

「剣は？」

「これだ」

鞘(さや)に入った剣を蒼君は李功から受け取る。刃が反っているのは異民族の剣の特徴だ。

蒼君はその剣を抜くと窓の光の側に翳(かざ)した。一緒に眺めようと横に並んだ小響に、蒼君は柄(つか)を指差した。

「この剣の柄の握り染みと男の手の大きさは微妙に合わなかった。おそらく、この男が普段使っている剣ではないだろう」

「確かに……」

小響は腕を背に組み、くるりと一周する。

「検屍(けんし)は済ませましたか」

「いや。検屍官ではなく、出入りの医者に診せた。死因は惨殺と毒というのはわかっているからな」

「毒はなんでしたか」

「附子(トリカブト)ではないかとのことだ」

「附子……」

「刺客が毒を麗京の薬師（くすし）から買うわけがない。附子は少し詳しい者ならば山に行けば採取できる。手がかりにするのは難しい」

蒼君は死体の脚を指差した。

「李功が言うには、武人なのは確かだということだ。脚や腕の筋肉が発達している。剣術をよくした者だろう」

「なるほど」

小響は自分の耳朶（みみたぶ）に触れながら答え、よくよく死体を観察すると、靴を見て首を傾けた。

「蒼君さま、見てください……靴は履き慣れたものを使ったようです」

蒼君は小響側に回った。黒い靴はなんの変哲もないように見えるが、明るい昼間なら分かる。靴は異民族が好む乗馬用の物ではなく、我が国の者が武術をする際に使う革靴だ。

「うーん」

小響は顎（あご）に手を当てて考え始める。落ち着き、論理的にすべての手がかりを組み立てようとしていた。

「捜査を攪乱（かくらん）するための工作かもしれませんが、異民族を装った我が国の者かもしれません。ただ一つの手がかりはこの黥です。黥は消せません。お調べください」

蒼君は振り返った。李功はすぐに頷き、納屋を出て行った。

*

芙蓉は蒼君の書斎に案内された。

ここが麗京の南西の端。外城のすぐ側であることはすでに侍女から聞き出してある。借りている蒼君の衣は濃紺の無地だが、絹の肌触りはよく、光沢は艶やかだ。

――やっぱり官吏ではないわね。

宗室の者かもしれない。部屋をぐるりと回ると、書棚には荀子や孫子などとともに、貴重な楽譜がある。壁には水墨画が飾られ、有名な人物の手による物だと気づくと、芙蓉はゆっくりと鑑賞した。

――どうやら、蒼君さまは風雅を愛し、剣も嗜む多才な人物のようね……。

算術の本もあった。

――五曹算経だ。見たい。

芙蓉は勝手に見ることは躊躇われたが、好奇心には勝てなかった。

本は棚の高いところにあり、つま先立ちになって一生懸命本の山の上から取ろうとするが、届かない。そこに蒼君が不意に現れ、後ろから覆い重なるようにして取ってくれた。その瞬間、指と指が触れて芙蓉は慌てて引っ込めたが、振り返ると顔がすぐ近くにあり、大きく目を丸めてしまう。

——なにを慌てているの。女だとばれてしまうじゃない！

芙蓉は、握り締めた手をすぐに背に隠し自分を叱った。

「す、すみません。勝手に手に取ろうとしてしまって……」

蒼君が本を彼女の頭に載せた。

「返さなくていい。数冊、同じ物がある」

「本当にいいのですか」

「ああ」

「宝物にします、ありがとうございます、蒼君さま」

本を抱えて大きく頭を下げると、蒼君はなぜか硬い足取りで席に行く。

——どうやら本当に蒼君さまは穏やかな文人のようね。

琴や碁盤があるのも落ち着いた知識人の証拠だ。

「茶が沸いた。冷めないうちに飲め。菓子も果物もある」

「いただきます」

茶も極上だった。皇太后のところで飲む茶ほどではないが、皇帝など高貴な人から下賜されたものに間違いない。

茶器も官窯で焼かれた青磁だ。芙蓉はふうっと息を一度かけるともう一口飲んだ。聞こえてくるのは、竹林が風に吹かれるさらさらという葉擦れの音だけで、風雅とはこういうことを言うのだろう。

「小響」

「はい？」

「気に入らないな」

「気に入らない？　なにがですか」

「聞きたいことがあるなら直接、聞けばいい」

芙蓉はにこりとし、卓の上に山盛りとなっているみかんを手に取り食べた。甘い。やはり、勘は当たっていると思った。

「いいえ、蒼君さまがどういう人かは、聞かない方がいいと思います。もし、互いになにかあったとき、名前が他人に知られるのはよくないことです。申し訳ありません。ついつい人の持ち物を見て推し量ろうとしてしまうのは僕の悪い癖です。無神経でした」

もし、芙蓉の分析が正しいのであれば、蒼君という人は宗室の人間で、多趣味。花鳥風月を愛し、その価値を見極める目を持っている。金に困ったことはなく、それは死ぬまで続くだろう。

そしてここは彼の邸宅ではなく、おそらく趣味のための隠れ家。高い壁がそれを物語っている。

――名前を聞けば、今のような気楽な間柄ではなくなってしまうかもしれない。それこそ、皇太后さまのところで習った礼儀作法で接しなければならなくなる……。それはちょっと寂しいもの。やっぱり聞かないのが一番。

芙蓉はそう結論づけた。

「僕を助けてくださってありがとうございます」

「当然のことをしたまでだよ」

「宿にでも置いてくだされればよかったのに、ここまで連れて来ていただいたのは、信用いただけたということでしょうか」

そうとしか芙蓉には思えなかった。

「お前は俺に顔を見せた。俺もまた同じことをしただけだ」

「感謝します。蒼君さま」

「ああ」

蒼君が微笑を隠すようにうつむいた。少し小さな沈黙ができ、芙蓉は視線を蒼君から離した。すると彼の背の向こうに着飾った美しい女性の姿絵が飾ってあり、線香が手向けられているのを見つけた。

「あの方は？」

蒼君の妻だろうか——。

彼は少し寂しそうに振り返りながら答える。

「母だ。子供の頃に亡くなった」

「それは申し訳ないことをお尋ねしました」

「構わない……。蒼君と名付けたのも母だった。何者かに殺されたが、真相は今も闇の中だ」

「……それは……」

「今回のこの鳳凰（ほうおう）の簪（かんざし）の事件を解決できたら、止められていた母の死の真相を調べてよいと言われている。だから、なんとしても今回の事件の犯人を突き止めなければならない」

芙蓉は黙った。

「それで、小響はなにを褒美にもらうつもりだ。なにもないとは言わせないぞ」

芙蓉は恥ずかしくなって顔を赤らめる。

「大したことではないのです……」

「言ってみるといい。俺も手伝えることかもしれない」

芙蓉は顔を伏せた。蒼君のような理由で協力していたのではない。

「わた……僕は科挙を受けるとお話ししましたが、本当のところ、家の事情でそれができないんです。せめて同じ問題を解いて採点をして欲しいと頼んだんです」

「そうか……」

「……馬鹿馬鹿しいでしょう？　恥ずかしいです」

蒼君は複雑そうな顔をしたが、馬鹿にはしなかった。

「互いに理由はそれぞれだ。それでも、目的は一緒。やれるだけやってみよう」

「はい」

芙蓉は初めて蒼君と打ち解けた気がした。彼には彼の事情があり、初日に待たせて機嫌を悪くさせてしまったのが、今は申し訳なくなる。母の死の原因を知りたくて逸る気持ちがあったに違いないのに――。

そして芙蓉も自分のことを明かせば、二人の間に信頼感が生まれた。腹の探り合いではなく、仲間として初めて意識した。

「一つ、伺っても？」

「答えられることならな」

「このまま蒼君さまとお呼びすればいいのでしょうか。お母さまがつけた名を軽々しく呼んでいいのかわかりません」

彼は苦笑した。

「肩肘をはらなくていい。蒼君はただの幼名だ。今は呼ぶ人があまりいなくなったが、そう呼ばれるのは嫌いではない」

「分かりました。では、そうさせていただきます」

それより――と蒼君が芙蓉の頭を見た。

「頭の傷の具合はどうだ。医者は問題ないと言っていたが……信用ならない」

「少したんこぶができている程度です。まぁ、医者が言う通り、大丈夫でしょう」

「長く意識が戻らず気をもんだんだ」

「申し訳ありませんでした。きっと打ち所が悪かったんです」

「見せてみろ、ここから見ても腫れているのがわかる」

蒼君が卓を越えて芙蓉の頭に手を伸ばした。責任を感じているのだろう。心配でならないと顔に書いてあった。

「あ……あの……あの……」

髪の毛をかき分けて、たんこぶを見る蒼君との距離は息がかかるほどだった。

芙蓉は頬が紅潮するのを堪えた。

「かなり腫れているな……」

「だ、大丈夫です……」

「医者にもう一度、診てもらった方がいい」

芙蓉は逃れようとしたが、蒼君の大きな手が顎を捉えて離さない。蒼君に女だとばれるのを恐れる以上に、芙蓉は今は気恥ずかしさでいっぱいだった。身をよじり、後ろに引くと、ようやく蒼君も自分が無礼であったことに気づいたのか、ぱっと手を離して、微妙な硬い動きで席に戻り、茶を飲んで、「熱っ」っと慌てる。

芙蓉は不自然なくらいすぐ話題を変えた。

「し、失礼なことですが——」

「なんだ」

「蒼君さまは命を狙われるようなことをしているのですか。刺客に心当たりはありませんか？」

無難な話題はそれくらいで、芙蓉は何事もなかったかのような顔を作った。

蒼君が茶杯を置いた。

「い、いや。心あたりはない。が——今回の事件が関わっているのかもしれない。あちこちに首を突っ込んで調べていたからな」

芙蓉と違い、蒼君は重臣たちなど表の動きを調査していた。それを面白く思わない人間から命を狙われても不思議はなかった。芙蓉はみかんを頬張りながら考えた。

「一度、事件を整理してみましょう」

「そうだな……なんだか俺にもさっぱり分からない」

「まず、蔡貴妃付きの宮人が殺され、その頭に皇后の簪が挿してあった」

「ああ」

芙蓉は立ち上がり、蒼君の机の前に座ると、一、二、と箇条書きを始める。

「皇后はどうやら蔡貴妃の仕業だと思っていて報復を行っている」

蒼君がつけ加えた。

「貴妃もまた皇后を追い落とす好機だと、鳳凰の簪を失った責任を問う上奏文を出している」

芙蓉は筆を止め、いったん硯(すずり)に置いた。そして三、と書く。

「それを調べていた蒼君さまは何者かに暗殺されかけた」

四と紙に書き入れる。

「後宮は二極化。皇太后さまは中立」

芙蓉は迷いつつ、もう一つ項目を増やした。

「五、陛下も真実を暴きたいと思っている。あるいは蔡貴妃が無関係であることを証明したいと思っている……」

「…………」

蒼君はそれに関して否定しなかった。

「問題の一つは、どうして貴妃付きの宮人はあんな派手な死に方をしなければならなかったのかってことです――」

「それは……皇后を陥れるためだったのではないか？」

蒼君の言葉に芙蓉は筆を持った手を宙に浮かせたまま考えた。

――どうして、宮人はあんな死に方をしたの？

この事件は奇怪だった。宮人の頭に鳳凰の簪が挿してあったのには理由があったはずだ。あるべきものがないより、あるべきでないものが存在する方がずっと不自然だからだ。

――確かなのは犯人は皇后から簪を盗んだ。でも自分の懐には入れなかった。ならお金のためではなかったはず。つまり、簪はなにかに利用するために盗まれたってことよね――。

芙蓉は思考をさらにめぐらせる。

──関菊花に殺される理由があったとは思えない。殺人現場のずさんさからも突発的な殺人だったと考えられるから……殺人は計画的なものではなかった……。

芙蓉は顎肘をついて筆を持ったまま動かなくなった。

──事件は人目を引き、後宮の人々の好奇心を集めた。けど……なぜ、そんな派手な事件を起こす必要があったの？　こっそり盗むことも可能だったはずなのに……わざとしか考えられない。

そしてふと瞳を机の右端に向けると、蒼君の描きかけの絵が透かしのある美しい白い紙で隠されているのが透けて見えた。蒼君が使用人に見られたくなくてそうしているのだろう。

──絵を紙で隠している……別のもので絵を覆っている……別のもので……真実は本当は紙の下にある……でもよく見ないかぎり、それは白い紙に見える……。

そこまでたどり着いた時、芙蓉はふとひらめいた。

「分かった！」

芙蓉は机を叩いて立ち上がった。蒼君が顔を上げ、こちらを見た。

「なにが分かったというんだ」

「これはそう──きっとそうだ！」

芙蓉はきらきら光る瞳で蒼君を見返した。

「僕は思うんです。宮人が殺されたのは、なにか別の事件を隠すためだったのではないかって。人の目をそちらに向けるのが、鳳凰（ほうおう）の簪（かんざし）が関菊花の頭にあった理由ではありませんか」

　蒼君の目が大きく見開いた。

「後宮であの夜、他になにか事件が起こっていないか調べませんか！」

　芙蓉は筆を硯に放り投げた。

　蒼君も腰を浮かせ立ち上がる。

「どういう意味だ——」

「言ったそのままです。宮人が殺されたのは別のなにかを隠蔽（いんぺい）するためだったのではありませんか？　後宮であの日、なにかが起こり、皇后の簪と宮人の死体を使って、人の目をそちらに向かないようにさせた——つまり、死体の偽装と同じです。捜査を攪乱（かくらん）するためになにが本当でなにが嘘なのか分からないようにしたのです」

　蒼君は考える様子を見せたが、すぐに同意する。

「可能性は十分あるな」

「僕は皇太后さまに連絡を取り、あの日の前後になにか事件が起きていないかを調べてみます」

「俺も主（あるじ）に報告しよう。後宮のことには関われないが、力になれることがあれば言ってくれ」

　芙蓉は頷（うなず）く。

「なによりも蒼君さまには、あの死体の黥がなんの罪によってどこでつけられ、誰であるかを調べていただきたいです」

「分かった。最善を尽くす」

「よろしくお願いします」

芙蓉は頭を下げ、蒼君もすぐに立ち上がった。

芙蓉はその足で慶寿殿へと向かうことにした。こうしてはいられない。

李功が芙蓉の馬車を見つけてきてくれたおかげで蓮蓮とも無事再会できた。まだ酒楼の裏にいたらしい泣きそうな蓮蓮が、

「ひどいですわ。なにも言わずにいなくなってしまうなんて！　一晩中、やきもきして酒楼の前に立っていたんですよ！」

と言いながらぽこすかと芙蓉を軽く殴る。

「ごめん、蓮蓮、ごめん。不測の事態が起きたの。機嫌を直して。大丈夫。今から皇宮へ行って皇太后さまに辻褄が合うようにしてもらえるように頼んでみるから」

「外泊が旦那様にバレたら、私は笞打ちではすみませんわ……」

「大丈夫だって。心配しないで」

そうは言ったが、芙蓉も内心不安を抱いていた。皇宮へと馬車を急がせる。芙蓉が帰宅していないことで家は大騒ぎになっているにちがいない。皇太后が上手く祖父を言いくるめてくれたことを祈るばかりだ。

「皇宮に向かうなら、お着替えくださいさい、お嬢さま」

「あ、うん。そうだね」

芙蓉は蒼君の衣を脱ぐ。馬車の中で女ものに着替えるのにももう慣れた。

蓮蓮が手際よく着付け、化粧をしてくれるので、すぐに少年、小響の影も形もなくなった。

そして慶寿殿に急ぐと、芙蓉の姿を見るなり劉公公が安堵(あんど)の表情を浮かべた。それで、芙蓉はどれだけ皆を心配させたかわかって申し訳なくなる。中から厳しい声がした。

「入れ」

おずおずと部屋に入れば、皇太后は持っていた書物を丸めて卓を叩いた。

「昨夜はどこにいた！　芙蓉！　言ってみよ！」

芙蓉は慌てて跪(ひざまず)き、尋ねる。

「どうして外泊をご存じなのですか……」

「それは当然であろう。そなたの祖父が、芙蓉がいないと言って来たのだから。ここに泊まったと言ったが、あちこち捜させたのだ。どれだけ心配させたか分かっているであろうな！」

芙蓉はふうと息をつきたいのを我慢する。

「申し訳ありません、皇太后さま……でも、昨夜は大変だったのです」

「大変とはどういうことだ」

「蒼君さまが刺客に襲われたのです、それも五人に」

皇太后は、肘掛けを握り、身を乗り出した。

「蒼君は無事であろうな」

「はい。傷一つ負ってはいらっしゃいません」

たぶん……という言葉は言わなかった。そこのところを芙蓉は蒼君に聞き漏らしたことを思い出したが、彼は怪我をしている様子はなかったはずだ。

「ならばよい……そなたは無事か……」

話してさらに心配をかけたくなかったが、祖父に外泊を黙っていてくれた皇太后に嘘はつけない。仕方なく芙蓉は立ち上がると、皇太后に自分のたんこぶを見せた。

「芙蓉！　こんな大きなこぶができているではないか！」

「梁院橋で矢を射られた時に頭をぶつけて、昨夜は蒼君さまの別宅に泊まらせていただいたのです。帰るに帰れない事情があったのです。お許しください」

「すぐに太医に見せよ」

「いいえ。すでに蒼君さまが医者を呼んでくださいました。医者からは大丈夫とのことで薬ももらっております。太医からわたしの怪我が漏れるのも嫌です。どうかご内密に」

「う、ううん。いや、しかし……」

皇太后は心配でならないようで、何度も芙蓉の髪を掻きわけてたんこぶを見た。腫れ上がって数刻間まえよりずっと大きくなっていたが、運のいいことに髪を結えば分からないところだ。他人にも祖父にも気づかれまい。

「それで刺客はどうなったのだ?」

「三人死に、一人が自決し、一人逃げました」

「自決?」

「口を割らないためだと、蒼君さまがおっしゃってました」

「なるほどな」

皇太后は苦虫を噛み潰したような顔で肘掛けを指で叩いた。

「他にわかったことは?」

皇太后の目は「隠し立ては許さない、すべて報告するように」と言っているようだ。

芙蓉は居住まいを正す。

「彼らがどこの者であるかは定かではありませんでした。ただ黥がありましたので、蒼君さまがそれについて調べておいでです。矢は異国のものが使われておりましたが、四人の刺客のうち、少なくとも一人はどうやらこの国の者のようです」

「うむ」

「それで気づいたのですが、今回のこの事件はあるなにかを隠すために作られたのではないかということです」

芙蓉は理路整然と、自分の推理を皇太后に話して聞かせた。皇太后はそれを黙って聞いていたが、主張になんの不思議もないと感じたのか、ただ「うむうむ」とだけ相づちを打った。

「皇太后さま。わたしは、あの宮人が亡くなった前後になにか後宮で起こらなかったか調べたいと思っております。お許しいただけますか」

「もちろん、と言いたいところだが――そこまで危険だとは思っていなかった。芙蓉、もう手を引いてよい」

　芙蓉は微笑んだまま首を左右に振った。

「いいえ。大丈夫です。心配ありません。わたしは今回のことで自分自身になにができるか模索している途中なのです。もう少し見守ってくださいませんか」

　皇太后は頭痛がするようにしばらくこめかみを押さえていたが、芙蓉を止められる人間はこの世にいないのを知っているのだろう。ダメだと言えば、勝手に動くと思ったのか、諦めたように言った。

「……はぁ……わかった。続けてもよい。しかし報告をしっかりすること。危ないことに首を突っ込まないこと。よいな？」

「はい！」

　芙蓉は喜色を見せて顔を上げた。

「では最初に皇太后さま」

「まさか、わたくしを尋問する気ではなかろうな」

「尋問だなんて――そんなんじゃありません。でも、後宮でなにが起こっているのか、一番よく知っているのは皇太后さまではありませんか。宮人の死んだ夜、何か起こりませんでしたか？」

「そなたはなかなかだのぉ」

狐狸(こり)などと言われている皇太后も芙蓉の前ではただの大叔母(おおおば)だった。優しくてあまい。気分を害することはなく、少し考えて、なにも浮かばないと、劉公公を呼ぶ。

「はて。なにも報告は受けておりませんが……」

劉公公も心当たりがないと言った。

芙蓉は釈然としなかった。後宮は常に諍(いさか)いだらけだ。一月五日に限って誰も問題を起こさないで、静かだったなどと聞くと逆に怪しく感じてしまう。

「皇太后さま。皇后さまや貴妃さまにもお話を伺いたいのですが……」

橋渡ししてくれるのは皇太后しかいない。

「上手く話せよ。それでなければ、そなたに危険が及ぶ」

「わかっております」

皇后は最近、ぴりぴりしているともっぱらの噂だ。皇太后と皇帝からは鳳凰(ほうおう)の簪(かんざし)を失ったことで叱責(しっせき)されたそうだし、後宮の大半は、評判の悪い皇后が宮人殺しの犯人だと噂しているからしかたない。

「これを皇后と貴妃に持って行くといい」

渡されたのは絹の反物だ。

「上等の方を皇后に、こちらの若向きの桃色は貴妃に」

「かしこまりました」

「皇后には伝えよ。気落ちせずに相談に参れとな」

そう言えば、きっと皇后は気を許すだろうという配慮である。ありがたい。

慶寿殿を出ると、芙蓉の後ろを皇太后の女官が盆に反物を載せてついて来る。

陽射しの下は暖かだが、北風の冷たい午後だった。

芙蓉は、正月まで枝についていた最後の楓（かえで）の葉が甍（いらか）の上へと巻き上がって飛んでいくのを見た。美しく、情緒的な光景だったけれど、心を少し不安にさせる。

——後宮は何枚厚着しても寒い気がする。

それなのに、薄着で着飾った二十代とおぼしき妃嬪（ひひん）たちが皇太后に挨拶（あいさつ）に行くのか、明るい顔でこちらに歩いてくる。芙蓉は道を空けて、お辞儀をしたが、入宮して間もないのか、芙蓉のことを知らず、若い妃嬪たちはそのまま通り過ぎた。

「楽しそうね、あの人たち」

芙蓉がその背にぽつりというと、皇太后付きの女官が言った。

「ああいう衣がよろしいのなら、皇太后さまに作っていただきましょう。ちょうどいい生地がございますよ」

芙蓉は曖昧（あいまい）に微笑んだ。

高く結った髪にそろいの真珠の髪飾りをし、色違いの裙（スカート）と衫（さん）を着ている姿はまさしく姉妹。流行りの耳飾りをし、絹の靴は春が待ちきれぬのか、牡丹だ。足取りも軽やかで浮き立つようなのは、まだここに慣れていない証拠。皇帝から寵愛を受け、皇子を産んだらどんな幸運が待ち構えているのかと期待に満ちている。

「いろいろあるけれど、後宮は華やかなのが一番ね」

「さようでございますね」

女官が頷いた。

あの事件以来、後宮は息を潜めて、噂に耳を傾けるばかりで、静かだった。

大規模な茶会も、詩会も、楽を楽しむ宴も、皇后の雷が落ちないように皆、控えていた。でも、まだ入宮したばかりの妃嬪たちはそういう空気がわからないのだろう。笑顔が燦めき、頬が陽に輝いている。

しかし、皇后の居所坤寧殿の長い階段の前に着くと雰囲気は一変した。

――ここは、やっぱりなんか暗い……。

雲が黄色の屋根を圧するように立ちこめていた。基壇の上に立つ荘厳な建物は朱色の漆が美しく、国母の威厳を表しているものの、その主は虚勢ばかりで本当のところ、今回の事件に恐々としているのを芙蓉は知っていた。

――上手く話を引き出せるかな……。

階段を上りきると、嘴を天に向けた鳳凰の銅像が芙蓉たちを迎えた。彼女はそれを横目で見て、迎えに出て来た女官に挨拶した。

「皇太后さまのお使いで参りました」

「かしこまりました。少々お待ちください」

紅の戸は菱(ひし)の透かしが彫られ、天井の分だけ見上げるほど高い。女官がその戸の前で中に声をかけた。

「司馬芙蓉さまがお越しです」

しかし返ってきたのは不機嫌な声だった。

「まったく、こんな時間にわきまえぬ者がいるらしい」

こんな時間とはいうが、まだ未刻(ひつじ)にもなっていない。昼寝の時間に邪魔したか。女官が、体裁悪そうに芙蓉に頭を下げた。

「申し訳ございません。少々お待ちいただけますか」

しかし、中からさらに声がする。

「皇太后の大姪(おおめい)は才走っている小娘じゃ。師について勉学などを片手間にやっていて、宮廷の礼儀もろくに知らぬ。まったく、何しにきたのやら」

その言葉にむっとした芙蓉は聞こえるように中に声をかけた。

「皇太后さま、皇太后さまからのお品をお持ちしました」

中でのおしゃべりが止まった。部屋の外に話が漏れていたのにようやく気づいたようだ。

芙蓉は、勉強について批判されたことに憤慨したし、悲しくもあった。彼女からすれば、宮廷の礼儀作法の方が、妃嬪になるわけでもないのだから不要ではないだろうか。とはいえ、皇后の声が聞こえても、聞こえなかったような顔をするのが、処世術なのだろう。それなのに許しがあるまで待てばいいものを、わざと中に声をかけた。そういう意味では、芙蓉はまったく賢くなかった。

「芙蓉か、中に入れ」

皇后は何ごともなかったように芙蓉を呼んだ。ちょうど、第二皇子が来ていたところだった。息子との会話を邪魔されて機嫌が悪くなったのだろう。

「久しいな、芙蓉」

第二皇子には何度も会ったことがある。二十八歳でぽっちゃりした体の人だ。

皇后に似ず、人から好かれる朗らかな性格ではあるが、残念ながら思慮が足りない点は皇后によく似ていた。

学問はからきしで、古典の引用など理解できないどころか、本を読んだこともない。だが、肩肘をはらずに話せるところはいい。他の皇子にない美徳だとも言えた。兄の第一皇子とはそこが違う。第一皇子は真面目な文人で有名だが、性格はどこか近づきにくいところがあった。

「元気だったか」

第二皇子は明るい笑みを浮かべた。

「お久しぶりでございます。殿下」

少しは礼儀作法の成果を皇后に見せなければならない。芙蓉は丁寧に皇后にまず頭を下げ、第二皇子にも敬意を表したが、皇子は皇太后からの使いと聞くと面倒なことに巻き込まれそうなのを予期してか、慌ただしく立ち上がる。

「それでは、母上。そろそろ書を読む時間でございますので、失礼いたします。芙蓉、母上の話し相手になってさし上げてくれ」

「かしこまりました、殿下」

第二皇子は書など読みなどしない。賭け事でもして遊ぶはずだが、皇后は息子の言葉を純真に信じたようだ。

やわらかな声音で「そうせよ」と答える。

第二皇子は母親に頭を下げた。残された芙蓉は先ほどの嫌みを思い出して「こちらの壁は薄いようですね」などと言いたいのをぐっと我慢し、皇后の前に見事な反物を広げさせた。

「泉州より届いた品だそうです」

「これはなんと、見事な――」

皇后は気に入ったようで、芙蓉はほっとする。

「座るがいい」

「ありがとうございます」

素直に丸椅子に座り、一段上の席にいる皇后を見上げた。

「皇太后さまよりご伝言をお預かりしております」

「はて？」

「『気落ちせずに相談に参れ』と」

「皇太后さまが、本当にそのように？」

「はい」

皇后は目を輝かせた。皇帝も彼女の味方ではなく、その上、皇太后にも見放されたと思っていたので希望が湧いたのだろう。

――皇太后さまは見放したわけではないのに。

皇太后は四人の妃嬪が集まって事件について議論すれば余計に混乱すると思い、初日は取り合わなかった。その後、鳳凰の簪を失ったことに関して皇后を呼び出し、手厳しく叱責したので、以来皇后は皇太后を誤解して慶寿殿に現れなかった。

芙蓉は静かに頷いた。

「皇太后さまは皇后さまのことを心配されています。ただ、表だって庇えないだけ。お一人で慶寿殿を訪れていただければ話を聞くとのことでした」

皇太后が話したがらなかった理由は少し考えれば分かりそうなものだが、生まれが尊く気位は高いのに短慮なところがあるこの人には気がつかなかったようだ。

「どうぞ」

女官が茶を運んで来て、芙蓉は茶器を手に持つ。皇后は自身の緊張を和らげようとするかのようにしばし茶をすすった。

芙蓉は、その小さな間を埋めるように広い部屋を見渡した。金の香炉が使うわけでもないのに飾られ、炭が豊富にあるのか、青銅の火鉢はそこかしこにあって部屋は暑いくらいだ。皇后は春物の絹の衣だけで過ごしている。

──宮廷費を使いたい放題ね。

牡丹の花の絵に、金糸で鳳凰を描いた薄絹の衝立、玻璃の壺。衣架には作りたてなのか、豪奢な錦の衣が掛けられている。

窓の帳も羅で、光を通して燦めいて美しい。

──皇太后さまの部屋より立派なんて……。

皇后の性格がこの部屋に表れていた。

芙蓉は、難しい人に尋ねなければならないと思うと億劫になったが、皇后が唇から茶器を離したのを機に口を開いた。

「一体、なにがあって鳳凰の簪がなくなったのですか」

皇后は卓に茶器を置こうとした手を止めた。

「正直におっしゃってください。他に漏れないように皇太后さまはわたしを遣わしたのですから」

「…………」

皇后の手が震えた。芙蓉はさらに言う。

「本来なら平等に皇后さまと蔡貴妃さまのお二人から直接話を聞くべきところではございますが……皇太后さまは、国母たる皇后さまのお立場を考えて、わたしが聞き取った内容を確認した上で、蔡貴妃さまより先に皇后さまのご相談に乗りたいとのことでございます」

「蔡貴妃より先に」ということで、親切そうにするというのも、御史台の技術の一つである。人はそういう言葉に弱い。

「……妾(わらわ)は……」

皇后はそこで言葉を切った。

芙蓉は急(せ)かすことで考える暇を与えないことにした。

「よいのです、皇后さま。わたしでは用が足りないのは承知しています。劉公に来てもらうように言いましょう」

立ち上がりかけると、皇后は「あっ」と声を上げた。

「待ちなさい」

芙蓉は顔を上げて、思わず皇后を直視してしまった。

「話します。お座りなさい」

芙蓉は黙ってもう一度、席につく。

ちょうど茶菓子が運ばれて来て、宮人たちが下がっていくのを確認してから皇后は、

「もそっと近くに……」

と自分の隣の席を叩いた。

芙蓉は促されるままに小声の皇后の横に座った。

「事件のあった朝、髪を結うときに係の女官が、簪がなくなっていることに気づいたが、妾はすぐに届けることはしなかった」

「なぜですか」

「誰かが間違った場所に置いてしまったかもしれぬし、妾が置き忘れたのかもしれぬ。騒ぎ立てるより先に、この坤寧殿を捜すべきだと思った」

皇后の主張には怪しむところはなかった。普通ならそうするだろう。

「一刻も経たぬうちに、報告を得た。蔡貴妃の宮人が妾の簪を挿して死んでいたとな……慌てて皇太后陛下に申し開きをしようとしたところ、蔡貴妃が他の妃を連れて現れた。一緒に行こうと言われれば嫌とは言えまい。それゆえ皇太后さまに四人で談判しに行ったのだ」

──なるほど。

話の筋は通っている。死体が発見されたのは夜明け前の五更。皇后が簪の紛失に気づいたのが起床後でも不思議はない。

「ほかになにかありませんでしたか？　不審な人物を見かけたとか──　夜が明けるまでに気づいたことはありませんでしたか？」

「いや、特になにも報告は受けていない」

「分かりました。そのように皇太后さまにはお伝えいたします」

「よろしく頼むぞ」

「御意」

芙蓉は坤寧殿を後にした。

貴妃の居所に行く前に、少し考えをまとめたかった。ぼんやりと頭を空っぽにして考えると、自(おの)ずとよい発想が浮かぶものだ。

「少し遠回りをしましょう」

付き添ってくれている女官に声をかけて後苑に向かう。再び現場を見れば、なにか見落とした証拠が出てくるのではと思ったからだ。

後宮の後苑では先日は咲いていなかった白梅のつぼみが一輪、二輪、花をつけ、甘い香りが漂っていた。その細い老木を見上げると、春の訪れを感じる。

――きれい。

月洞門(げつどうもん)と呼ばれる円の形に切り抜かれた白い門の向こうを見れば松に庭石があり、一幅の絵のようで、芙蓉は優美な造園の遊び心に後宮の美意識を感じた。後宮は閉ざされた空間だが、その美は九州(せかい)を凝縮している。

しかし、その優雅な気分も、幾分も行かぬうちに、なにかを燃やす臭いにかき消されてしまった。

見れば、宮人がしゃがみ込んで黄色い紙を燃やしているではないか。

──紙銭？

紙銭はあの世で死者がお金に困らないように、供養のために燃やす紙でできた偽の金である。それを燃やしているとなれば、

──もしかしたら、殺された関菊花の友達かも⁉

芙蓉は後ろから少女の肩を摑んだ。

振り返ったのは、十四、五の宮人だった。後苑で紙銭を燃やすのは禁じられている。咎められたと思ったのか、彼女は怯えた目をした。

「あなたは？」

少女はもじもじとして、顔をうつむかせたまま黙っている。手が震え、紙銭ばかりが灰色の煙を漂わせた。

「も、申し訳ありません。もうしません……お願いです。ゆるしてください！」

「咎めているわけではないの。あなたは先日、殺された宮人の知り合い？」

少女は必死に顔を横に振った。

「違います。違います。顔も知りません」

「なら、どうして紙銭を燃やしているの？」

少女は再び震え上がり、ぎゅっと口をつぐんで爪先を見ているばかりだ。

目にあまったのか、芙蓉の後をついて来ていた皇太后付きの女官が叱責した。

「お尋ねですよ。答えなさい！」

少女はまたも顔をあげ、しばし黙った後に、ようやく口を開いた。

「わ、わたしは……皇后さま付きの宮人、徐春と申します……」

声尻は小さく聞き取りにくいが、意味は分かった。

「それで？」

「先日、一緒に皇后さまに仕えていた宦官さまが亡くなったので、その供養をと思って紙銭を燃やしておりました」

芙蓉は驚いた。皇后はそんなことは一言も言っていなかった。

「それはいつのこと？」

「四日、いいえ、五日のことです。四更（午前一時頃）の鐘を聞いた気がします」

五日は首を吊った宮人が発見された日だ。

「どうして亡くなったの？」

「お毒味係だったのです。夜食を食べてからしばらくすると、手足がしびれるとおっしゃって……その後に吐いたり下痢をしたり。最後はけいれんをしながらお亡くなりになりました」

「どういうこと？　医者には診せたの!?」

少女はおどおどして、芙蓉の後ろの女官を見た。「言わなければ、罰を受けさせる」という断固とした目をしていたので、少女はさらに恐れおののく。

「はい。でも……助からなくて……」

「…………」

芙蓉は息をするのを忘れた。

女官が少女を指差した。

「誰か、この者を慶寿殿に連れて行きなさい」

「かしこまりました」

共にいた宦官が前に進み出て少女の両脇を掴んで引きずり立たせる。

しくしくと宮人は泣きながら連れて行かれ、芙蓉はまだ燻（くすぶ）っている紙銭が入った鉄の盥（たらい）を見つめた。

――いったいどういうこと？

皇太后は皇后をすぐに呼び出した。一段高い黄金の椅子に座り、両腕を肘掛（ひじか）けに置き、少し背もたれに寄りかかって下を見る様は、震え上がるほど威厳がある。芙蓉さえ声をかけるのを戸惑うほどだ。

宮人は紙銭を後苑で燃やしたことを罪に問われるのではと、部屋の真ん中でがくがくと小刻みに震えながら平伏していた。

皇后はそれを一瞥（いちべつ）した後、皇太后に座っていいと言われるのを当然のように待っている様子だったが、まったくその気配がないので立っているしかなかった。

そして最後に真っ青な顔の太医が現れて並んだ。

「宦官が死んだそうだな」

「は、はい……」

「なぜ、黙っていた」

皇后はあれこれ言い訳を考えている様子だったが、皇太后の矛先は太医の方に向けられた。緑の官服を着ているので、おそらく八品ほどの下級官吏である。太医は宦官を診ないのが規則なので皇后の命令で特別に呼ばれたと思われた。皇后もそれなりに、毒味係の死の原因が気になったのだろう。

「死因はなにか」

「びょ、病死でございます」

「まことか。その宦官は毒味係と聞いたが」

太医が言う。

「そ、その夜の夜食に出されたのは、揚げ菓子だけでした。銀に反応せず、毒味係と言っても、その宦官は食べてすぐに死んだわけではありません。夜遅くに倒れ、明けて五日の朝に死にましたので、毒とは言い切れず、病死だと判断いたしました。現に、皇后さまは同じ皿の菓子をお召し上がりになりましたが問題ありませんでした」

「うむ。しかし、銀に反応するものばかりが毒ではないし、即効性がない可能性もある。それに一部の品にしか毒が入っていなかったことは考えられないか――」

「それが――」

「皇太后さま」

皇后が太医の言葉を遮った。

「あの夜、宦官が死んだことは、大きな問題ではありませんでした」

「人一人死んだのだぞ。大きな問題であろう？」

皇后は手を握る。

「その混乱の中で、鳳凰の簪が行方不明になったのです。宦官の病死の届け出などに構っている暇はありませんでした。ご報告は翌朝で十分だと思ったのです」

芙蓉は驚いた。

皇后は朝になってから簪が行方不明になったのに気づいたと説明していたのに、今になってその晩、おそらく夜食前後にはなくなっていたことに気づいていたという。芙蓉からそれを聞いていた皇太后が、矛盾を指摘した。

「なぜ、その夜のうちに報告しなかった」

「坤寧殿を捜せばあると思いました。あるいは不仲な貴妃の仕業であるかもしれぬと思い、不審な者がいないか十人ほどの宦官に坤寧殿の外を探しに行かせましたが、なにも見つからず……」

芙蓉は考える。

――じゃ、四日の夜、皇后付きの宦官が十人も坤寧殿を離れていたってこと？　つまり、十名の宦官たちは、宮人殺しの容疑者になり得るってわけね……。

皇后の言葉を信じるならば、自分が指示して殺したと疑われるのを避けるため、翌朝、宮人の死体とともに簪が見つかったと聞いても、朝まで気づいていなかったと嘘をついたということになる。

必死の形相の皇后を芙蓉は皇太后の横から見下ろした。

*

翌日、蒼君は川を下っていた。

麗京は五丈河、麗河（れいか）、金水河（きんすいが）、蔡河（さいが）など大河が東西に横断する水の都である。街の隅々をめぐるように水路や川があり、物流や人の移動の多くは船で行われる。

途中、蒼君は、李功に屋根のある小舟を東華門近くの船着き場に停めさせると、しばし同乗者を待った。

少々早く邸（やしき）を出たせいで、まだ約束の刻限を告げる二更（午後九時頃）の鐘の音は鐘楼から響かないのに、なかなか姿を現さない小響に蒼君はやきもきしていた。無事に邸を抜け出せたかなど考えると心配になる。

「まだか」

舵（かじ）を取る李功に何度目かの問いかけをする。

「いずれ参られるでしょう。小響さまは遅れがちですが、約束は違（たが）えません」

蒼君はその通りだと思う。時間は違えても約束は守る。それに夜は都合が悪いと以前言っていた。若い娘ならば当然だ。塀を乗り越えて会いにくるというのは誇張ではないはず。

「それにしても心配ですね」

李功が道の遠くを見た。

蒼君は、もしかしたら李功も小響が女だと気づいているのかもしれないと疑っている。小響は上手(うま)く隠したと思っているかもしれないが、頭を打った日の無防備な寝顔に勘のいい男が気づかないはずはないように思えた。

――まだか……。

蒼君は自分の顔が見えないよう扇子を広げて顔を隠しながら、小舟のむしろをめくって外の様子を見る。すると、時を告げる鐘の音とともにこちらに駆けてくる少年の姿があった。蒼君は小響の年齢を知らないが、男であれば少年と呼ぶのがふさわしい姿形だ。

小響は階段を軽々と下りて来たかと思うと、蒼君に笑顔を向ける。李功が手を貸そうとしたのを断り、舟に飛び乗った。その拍子に舟が揺れたので、慌てて蒼君は艫(とも)に飛び出し、小響を受け止めた。

「あ、すみません」

「あ、いや……」

なんとなくぎこちない。小響は髪を直すふりをし、蒼君は暑くもないのに扇子でしきりに顔を扇いでしまう。

――小響は女なのに……どうして、触れても平気なんだろう……。

蒼君は自分に問うたが答えは返ってはこなかった。ただ、男装しているからか、中性的な容姿だからか、他に理由があるのか分からない。とにかく訳もわからぬ戸惑いはあったが――他の女性の時のような嫌悪感はなかった。

「座ろう」

蒼君は平静を装って、小響を小舟の中に誘った。中には卓があり、彩りのいい蒸し菓子を並べてある。火鉢の湯もちょうど沸々としていた。

「問題はなかったか」

「いろいろありまして……」

小響は後宮での一幕を語り始める。

あの宮人殺人事件の夜の動きだ。

「まず、正月の四日の夜、皇太后付きの毒味係が倒れ、日にちが変わった頃に死にました。同じ頃、皇后は鳳凰の簪がなくなったことに気づき、簪を捜すために坤寧殿から使用人たちのうち十名ほどを外に出したのです」

蒼君は茶を淹れながら、頷いた。

「怪しい者も簪も見つからないまま、翌五日の夜明け、貴妃の宮人が鳳凰の簪を髪に挿して死んでいるのが発見されました。皇后は簪を夜中に捜させていたので、疑われることを恐れ、朝、日が高く昇った巳刻に皇太后さまを訪れて、事件について弁明されようとしましたが、先に事件の報告を受けていた皇太后さまは、皇后が妃嬪たちとつめかけたこともあり、話を聞こうとされなかったのです」

蒼君は、手振りを交えて詳細を語る小響の片頬を見つめながら、うん、うん、と頷いたが、なぜかこの臨場感あふれる話しぶりに聞き入ってしまった。

小響が蒼君に言った。

「聞いていらっしゃるのですか、蒼君さま」

「聞いているとも」

はっきり言ったが、自信をもって言えるほどではない。

「ですから、蒼君さまは皇后の主張をお信じになりますか」

「さて……」

皇后は短慮でさほど賢い人物ではない。皇后になれたのもその出自ゆえだ。

皇后の主張は、なんともお粗末で、本来ならば、宦官が変死し、簪が行方不明になった時点で夜遅かったとしても皇太后のところに相談に行くべきだった。

しかし、皇后としては後宮の主は自分で、いつまでも居座っている皇太后を煙たく思っているという側面がある。皇帝は蔡貴妃の味方であるし、皇太后は中立を名目に皇后を支持していないから仕方ないかもしれない。

「蔡貴妃はなんて言っているんだ？」

「蔡貴妃は、使いに出した宮人が戻らないのを心配したらしいのですが、直に帰るだろうとその件は葉女官という者に任せて寝、朝になったら死体で発見されたと聞いたとおっしゃっています」

「小響は以前、言ったたな。なにかを隠すために事件は起こされたと」

小響は頷く。

「やはり、宦官の不審死は毒だと思うか」

「昨日、皇太后さまは死んだ宦官の墓を暴いて検屍させました。その結果、やはり附子による毒死だとわかりました」

蒼君が扇子をぱっと開く。

「では皇后は、毒殺されかけたので、報復に蔡貴妃の宮人を殺したということか？」

「ただ、皇后の不可解な行動を総合すると、蔡貴妃に罪を着せるためにわざと自分の簪を宮人につけたわけではなかった。これだけは確かでしょう」

小響が続けた。

「皇后暗殺は失敗に終わりました。その後に簪は盗まれた。皇后は毒味係が死んだことよりも、簪を紛失しことに慌てふためき、それどころではなくなってよく調査もしなかった」

「皇后が鳳凰の簪を失えば大事になる。最悪廃されることだって考えられる。慌てるのは当たり前だ。そうなると、利益を得るのは蔡貴妃しかいない」

小響は同意しなかった。

「僕はそうは思いません。結局、貴妃に利益はありませんでした。皇后の不手際を上奏できたくらいでした」

「ああ……そうだな……」

たしかに小響の言う通りだ。考えるだけで蒼君は頭が痛くなってくる。

「それより――」

小響が卓の上に身を乗り出して蒼君を見る。

「蒼君さまの方の首尾はいかがですか」

「黥（いれずみ）のことか」

「はい」

「まだなにもわかっていないが、各地の刑罰で行われる黥の意匠が集められている場所は見つけた」

「どこですか!?」

「大理寺（だいりじ）（最高裁判所）だ」

小響ががくりと肩を落とした。蒼君は茶を淹れてやる。

「どうした。なにをしょぼくれている？」

「大理寺ですか……。そうだとは思っていましたが、大理寺では手も足も出せません」

「なぜ？」

「大理寺は法により人を裁き、罪科を問う場所で公正性が必要とされます。大理寺の長は品行方正で信頼の置ける人物がなり、法を掌るので、安易に書類を見せてくれるとは思えません。そして官吏の一部は役所内に住み、出入りを厳しくしているので忍び込むのは困難です。だから大理寺の資料書庫はどこの官署よりも厳重なのです」

蒼君は笑う。

「まるで忍び込もうとしたことがあるような言い方だな」

「いけませんか。一度だけです。好奇心で中が見たかっただけで——錠前を外そうとしましたが、うまくいかず捕まりました」

まさか本当に小響が中に入ろうとしたとは思いもしなかったので、蒼君は真顔で驚いた。

そんな彼に小響はあっけらかんとする。

「十歳の時のことです。嘘泣きをして迷子だと言い張りました。あとで家族には怒られましたが、よい思い出です」

「呆れるな。大理寺の錠前を破ろうなどとよく思ったものだ。鍵はどうした？」

「掏摸についても講義を受けているんです。それで見張りの兵士から鍵を盗んだんです」

少し得意げな小響に蒼君は呆れる。

「まったく。とんだ悪ガキだ。師も変えた方がいいのではないか」

「師は盗人の手口について講義してくれただけで、実践するとは思っていなかったのです。だから悪いのは僕です。知識を悪用したんですから。こっぴどく叱られました」

「当然だ」

蒼君はもう言葉がなかったが、弁解するように小響が言った。

「子供が薬を盗んだ事件の判例を読んでみたかったのです。母親が病気でそのために犯した罪でした。昔の話なので誰もその顚末を知らないというので、大理寺に行けば分かると思ったんです。子供ですね」

「信じられないな。子供がそんなことを思いつくなんて」

小響は肩をすくめる。

「小さい頃から好奇心旺盛だったんです」

「どうしてその判例を知りたかったんだ？」

「国はいったい、法と孝のどちらを優先するのか知りたかったんです……」

「なるほどな」

小響は少々、才走っているところがあると蒼君は思うが、それを悪く感じないのは、その論理の中に、混濁した社会の中で理想を求めるものを感じるからだ。それは誰しもが生きる中で、少しずつ失っていくものなのに、小響は違う。子供の頃となんら変わらずにいる。

——小響と話して嫌な気分にならないのは、利害や損得を求めて俺の前にいないからだ。法と孝のどちらを優先すべきか……なるほど、面白い。その判例とやらを俺も見てみたいものだ。

しかし、そういう生き方は危うい。正しいことが常に強いとは限らないからだ。

――こういう人間には守り手が必要だな……。

蒼君は尋ねた。

「家族はその……心配しないのか。頭の怪我のことも大丈夫だったのか？」

小響は眉を八の字にした。

「当然、心配しています。でも――僕の人生がたとえ将来窮屈なものになっても、心は自由でいたいし、好奇心は止められません。知らないことがたくさんあるより、知っていることが山ほどあって、さらに知りたくなる方が人生楽しいと思いませんか」

「まぁ……そうだな」

「なにも知らないと、知らないということに気づけないんです。それって本当に恐ろしいことなんですよ」

――無知とは怖いことか。小響の話は悪くないな。こちらも考えさせられる。

蒼君は感心したものの、彼女を指差した。

「大理寺に忍び込むなど二度とするなよ」

「分かってますって。もう大人です。できることとできないことの区別はつきます」

蒼君は懐から巾着を取り出すと彼女の顔の前に掲げて見せた。

「なんですか、それは？」

「大理寺の書庫の鍵だ」

「え⁉　まさか！」

小響が巾着をひったくって中を開ける。大きな鍵がそこにあり、「ああ……」と恋人から玉の腕輪を贈られたかのような声を上げた。

――変わったヤツだ。

「中に入れるのですか⁉」

「大理寺の書庫は表向き公開してはならない。俺がなんとか手を回して密かに書庫に入れるように手はずを整えた」

「すごいです、蒼君さま！」

小響は嬉しいらしい。顔をにやつかせ、ぴかぴか光るように絹の袖で鍵を磨き始める。

「大理寺の書庫には膨大な判例と裁判記録が残っているんです。過去の記録などを読むと――」

「分かっていると思うが、今回は鯨について調べるだけだ。四半時だけ見せてもらえることになった。余分な書類を見物している暇はない」

「はい……蒼君さま……」

小響の笑顔が萎んだところで、舟はゆっくりと停まった。

大理寺は皇宮の南側の諸官署が並ぶ場所にある。夜はすっかり更けて、月も雲で翳っていた。蒼君は小響に黒い羅のついた笠を投げた。

「これは、なんですか」

「顔を隠せ。お前は俺の護衛ということになっている」

「はい」

小響は素直に笠を被ると、さっさと李功を追い越して二人を先導する。深窓の令嬢かと思っていたが、妙に道に詳しい。迷わずにどんどんと細い道を行く。

「以前も思ったが道に詳しいな」

「新しい道や路地などはわかりませんが、地図に載っているものならば大体は覚えています」

「…………」

「載っていない路地も迷ったら開宝寺の塔を探せば迷いません。でも、ここからだと皇宮の屋根が邪魔をして見えませんね。なら皇宮の宣徳門の門楼を目印にすればいいんです。皇宮は麗京の中心にありますから方向を失いません」

にこにこと少し得意そうに言う小響。

蒼君はつられて笑みを浮かべてしまう。こんな風に自然に笑みを引き出せるのは不思議な力だ。

――小響は面白いな……。

そう思って、すぐに顔を改める。後ろから李功の視線を感じたからだ。蒼君は咳払いをしながら笠を深く被り直した。

「お待ちしておりました」

大理寺の裏門に行くと、緋色の官服を纏った官吏が丁寧に出迎えた。

互いに名前は言わない約束となっている。

蒼君が皇帝から預かっていた鍵を渡すと、「どうぞ」とだけ官吏は言った。

「見回りは四半時ほど回ってきませんが、その後は通常通りです。見つかればご身分がどうあれ、捕まる可能性があることはご理解ください」

「それほど手間はかけない」

官吏は白い壁に黒い扉のある建物の前に立つと、錠に鍵を差し込む。がちゃがちゃという音がやけに大きく聞こえるのは、しんと静まり返った夜のせいだからだろう。

蒼君は無言で開くのを待った。

「どうぞ」

「うむ」

官吏が消えると、李功が剣を手に入り口を守り、周囲を警戒する。

小響が懐から火折子を取り出し、ふっと息をかけ、部屋の隅にある蠟燭に火をつけた。ぼんやりと明るくなった部屋の蠟燭のすべてに火を灯せば、なんとか文字が読めるほどになった。

「手分けして探そう」

「はい、蒼君さま！」

小響は元気よく答えたが、蒼君のように端から書類を見ずに、奥までずらりと並ぶ書庫の棚を一つ一つ指で撫でて歩く。そして一つの棚にたどり着くと、手燭を持って棚の一番上から一番下へとそれを向け、さっと四冊引き抜いた。

「見つけました」

小響は獲物を獲ってきた犬のような目で書を蒼君に差し出した。褒めて欲しいと尻尾を振っているように見えるのは気のせいか。

「これは？」

「お探しの書です」

——意味が分からない。膨大な書物が収められているこの書庫の中で、鯨について書かれたものを一瞬で見つけて来ただと？　それも必要な部分が載っているものだけを？　ありえない。

「どういうことだ？」

小響は天を指で指しながら、二、三歩歩いてくるりと振り返った。

「官署というものは、どこも似たような書類の分類をしています。決まった分類法は国の大学、国子監で学ぶので、卒業している官吏はそれに従うのです」

「…………」

小響は蠟燭をかき集めて来ると、机の上に書を四冊置いた。

「刺客の年齢は二十代半ばで武術の嗜みがあります。軍役の経験があることが考えられます。そして黥は配軍、つまりなんらかの罰として軍に強制的に組み込まれるときに入れられることが多いのです。なら、この男は黥を得た当時に子供ではなかったはず。だから、僕はこの十年ほどの資料をあたればいいと思ったんです」

「あ、うん……なるほど、そうだな……」

「黥の意匠はさまざまですが、罪の重さや地域、年代で変わります。何百通りとありますが、乙などという形は軽微な罪につけられたものと推測され——つまり、この四冊に載っていると思いました」

「か、賢いな、小響は……それをすぐに思いついて書を探してくるとは……」

少し圧倒されつつ、蒼君は小響から渡された一冊を開いた。ぱらぱらとめくると確かに黥の意匠について書かれた書である。一つ、一つ、丁寧に二人は見ていったが、まったく同じものはなかった。

「『乙』に似たものはないか」

「ありませんね。地方のものかもしれないです」

「いや、ここに地方のものも全てあると聞いている——」

たらたらと蠟が垂れてきた。そろそろ時間だ。警備の兵士に見つかったらやっかいだった。蒼君は最後の一冊の書を引き寄せ、目を見開いた。

「これではないか」

「うん？　それは『乙』ではなく『二』ではありませんか」

蒼君は小響の方に書を向ける。

「『二』の意匠に斜めに『／』を後から足したのではないかと思ったんだ。違うか？」

「あっ」と小響が声を上げた。外にいた李功が中を覗いたほど大きな声だった。

刺客の黥は、「／」の部分だけ色が濃かった。それで蒼君はそう思いついたのだ。

「ここに『二』の黥は喧嘩で罰せられた者に彫られるものだと書かれている。咸平五年に使われたものだから――つまり、今から七から八年前に使われた黥ということになる！」

「なるほど！　黥は消せないから、付け足すことで自分の身元が分からないようにしたというわけですね」

「説明書きによると、どうやら北方の保州で使われていた意匠のようだな」

「では地方の資料を当たってみましょう。保州の判例を見てみます」

小響が書棚に駆けて行った。まるで花見にでも出かけて浮かれているかのように瞳を輝かせ、書庫を走り回る。それはとても生き生きとして見えた。

「これはどうです？」

しかも小響は、瞬く間に大量の書物をぱらぱらとさせただけで読み、判例の中から黥刑になった者を三人に絞ってきた。驚くばかりだ。

「七年、八年前なら、まだ二十歳になっていないはずです。この三人なら当てはまります」

楊虎、荀雲、楚志務。

「かなり絞れたな。刺客は自分の身元を隠すために細工をしたのだろうが、見逃しはしない」

「蒼君さま。そろそろ」

李功がしびれを切らしたようにこちらを見た。小響はもとあったように書を並べ替えると書棚に置き、三人の名前を書いた紙を折りたたんで蒼君に押しつけた。

「このうちの誰が刺客かは、蒼君さまがお調べください」

「わかっている。すべてお前に押しつけはしない」

「ならいいんです」

ぱっと花が咲いたように小響が微笑んだ。

蒼君は一瞬戸惑い、そしてすぐに彼女の腕を乱暴に摑むとさっさと書庫を出た。それ以上、その笑みを見ていたら吸い込まれてしまいそうだったから。

＊

「送っていこう」

一人で帰ろうとする芙蓉を蒼君が止めた。

しかし、家を知られたくない芙蓉は両手を振って全力で断る。丞相の孫が男装しているなどと知られてはまずい。

「心配いりません。親戚(しんせき)の邸(やしき)に泊まることにしてありますし、笠を被って行きますので」

「しかし――」

蒼君は心配なようだ。小響を子供と思っているのだろうか――。

「提灯(ちょうちん)でこんなに明るいのです。心配ご無用です」

芙蓉は両手を広げて道を示した。ちょうど、麗京の中央を貫く大通り、御街(ぎょがい)だ。道の両端の店々には大きな提灯が並んでいる。中には趣向を凝らして作った元宵(げんしょう)の大きな提灯がまだ飾られているところもあるので、心配する必要はない。

それならと蒼君が微笑む。

「元宵ほどではないが、眠らぬ街、麗京だ。少し楽しんでから帰ったらどうだ？」

「眠らぬ街？　元宵以外は犯夜の禁（夜間外出禁止令）に従わないと笞刑(ちけい)になります」

「確かに法はあるが、実のところあまり機能していないものなんだ」

「よくご存じですね」

「常識だ。国法には有名無実なものが数多くある。犯夜の禁はその最たるもので、子供に『夜はお化けが出るよ』って言っているくらいなものなんだ」

――わたしには知らないことがいっぱい。国法を師から習っていたけど、そんな抜け道があったなんて知らなかった。

芙蓉は自分の世間知らずに気づき、蒼君の提案に興味を引かれた。

「付き合え、小響。いつも酒楼でばかり会っている。たまには外の空気を吸うのもいいだろう？」

「そうですね！」

二人は桃やスモモ、梨、杏などが脇に植えられた御溝水がある御街を行く。美しい絹の店には南方の珍しい薄物が並んでいたが、芙蓉はそんなものに興味を示さず、庶民が簡単に手に取れるような露店の品々を見て回った。

「サンザシ飴はいらんかね」

行商人が砂糖のついたサンザシ飴を売り歩く声がした。真っ赤な色が目を引く。甘そうだ。

「欲しい」と思わず目が追ってしまう。子供の頃に一度、買ってもらったことがあるだけで、それ以来食べたことがなかった。貴族の菓子というより庶民の子供の少し贅沢な甘味だからだ。しかし、その顔をすぐに改める。

――こんなものを欲しいと言ってはいけない。女だとバレてしまうもの。

芙蓉の葛藤はわかりやすかったのかもしれない。蒼君は飴売りに指で二を示し、李功に買いに行かせた。

「どうぞ、蒼君さま」

李功は二串のサンザシ飴を主君に渡した。

蒼君はそれを片手で受け取ると、そのうちの一本を芙蓉に手渡した。

「ほら、食べろ」

芙蓉は慌てた顔で、手を振った。

「ぼ、僕はいいです。甘い物は苦手で――子供でもないし――」

――へたな嘘すぎる。蒼君さまの邸や舟の中で散々甘い物を食べながら、今更苦手なんて……。

「俺が食べたかったんだが、一人で食べるのは変だろう？　では李功と二人で食べるがいいのか？」

芙蓉は大きな瞳で蒼君を見た。そして横にいる李功を比べる。この二人が並んでサンザシ飴を食べ歩きしている姿はどうもしっくりこない。李功に串を持たせたら、誰かを暗殺する以外を想像できないからだ。

「じゃ、いただきます」

芙蓉は気がなさそうなふりをしてサンザシ飴を受け取ったが、一つ口に入れると、ぱっと顔を輝かせた。

「美味(おい)しいです！　懐かしい味です！」

「ならよかった」

――蒼君さまはこういう気遣いができる人なんだ。

芙蓉の気持ちを察してくれる――そんなことをしてくれる男性に芙蓉は初めて出会い、その気遣いにじわりと感動した。

彼は身分が高い人なのに、なにげなく芙蓉の横を歩き、彼女の好奇心に付き合ってくれる。国法のこともそうだ。彼女の知らないことを知っている。犯夜の禁は古代からあり、先の王朝時代に盛んになったものだが、麗京では次第に受け入れられなくなったのは、庶民の地位の向上と油の安定供給を背景にしているなど、子細を説明してくれる。芙蓉は尊敬の眼差しで蒼君を見た。

——蒼君さまと話をするのは楽しい。

「蒼君さまは軍費増額についてどう思われますか」

「軍費？」

「おそらく科挙の問題に出て来るのではと思うのでご意見を伺いたいのです」

「そうだな……最近の情勢を鑑みると増額はしかたないのではないか」

「祖父もそう言うのです。ですが、僕は敵国とも話せばわかるのではないかと思っていて——使者を送るべきではありませんか」

「国益の問題だ。折衝してどれだけ互いにうま味を引き出すか、その腹の探り合いだ。軍費増額は免れない」

「そうですよね……」

蒼君が芙蓉の肩を叩いた。

「現実はともあれ、理想を追い求めるのは悪いことではない。戦は始めるのは簡単だが、止めるのは難しいからな。小響のような志がある者が官吏には必要だよ」

「そうでしょうか」

「ああ。武官たちはすぐに開戦開戦と叫び、文官は金で平和を買おうとする。友好を説く者など一人もいない。ただ、具体的な対策案がしっかりしていなければ、科挙では難しいかもしれないな」

「確かに」

芙蓉は頭から自分の言葉を否定しない蒼君に元気づけられた。若輩者を笑わないで真摯に対してくれるのはありがたい。

「あの、もう少し伺っても？」

「ああ。なんだろう？」

芙蓉は、昨今の偽金鋳造問題やら、塩の専売制、干害地域の救済措置など、今気になっている世の中のことなどを質問してみた。

彼は平易な言葉で、問題点を指摘し、解決策をいくつか上げ、芙蓉の問いにも多く答えてくれた。しかも知ったかぶった風ではなく、芙蓉の意見を聞いて、自分の意見を言い、共に良いところを探す話し方だからよけいに好感が湧く。

——打てば響くってこういう人なんだろうなぁ。

芙蓉はなんの話を振っても答えられる蒼君を仰ぎ、心の中で感嘆し、またそんな彼と一緒にいることを楽しいと思った。

皇太后は「わかることもわからぬくらいに言っておくのが世渡りというものだ」と言

っていたが、彼の前ではそんな偽りは不要だった。全力でぶつかっても、芙蓉を受け止めてくれる。

蒼君が芙蓉の顔を覗き込んだ。

「どうした？　もう質問はないのか？」

「いえ……蒼君さまの見識に驚いているのです」

蒼君は微笑した。その笑みがやわらかで、難しい話をしていた時とは違う雰囲気に思わず見とれた。だから芙蓉はなにかを彼にいいかけた――もっと話していたくて――。

「あっ」

後ろからドンと男がぶつかって来た。蒼君がさっと小響の腕を摑んで引き寄せる。なんてことのない一瞬の出来事だった。それでも摑まれた手に頬が赤くなりそうになるのは、なぜだろう。

二人は気まずく手を離した。

「大丈夫か」

「は、はい。だ、大丈夫です……」

自分のどんくささに芙蓉は恥ずかしくなったが、気遣ってくれる蒼君の優しさに硬かった彼の印象が和らいだ。

「あっちも見てみないか」

「はい」

それから二人は筆屋に笠(かさ)屋、靴屋をひやかし、蒸籠(せいろう)の饅頭(まんじゅう)が湯気をあげる食堂などを横目で見ながら通り過ぎた。そしてふと、芙蓉の足が止まる。小間物屋の前だった。一つ腕輪を手に取ると、両手で包み込むように持った。

――可愛い。

腕輪自体はまがい物の翡翠(ひすい)で、黄緑の地に紅梅が描かれたものである。今の季節にはぴったりで最近、人気の品だ。

――欲しい。

灯(あか)りの下で細工を確認するとそう悪くはない。しかし、背後からじっと窺(うかが)う視線を感じる。蒼君だ。

「あ、し、失礼しました。さ、さあ、行きましょう」

芙蓉は慌てて腕輪を手放しながら、言い訳をした。

「妹がいるのです。きっと好きだろうと思って……。だからその……買ってやりたいと思っただけで……」

「そうか」

蒼君はあえてそれになにかを言わなかったが、李功に腕輪を指差した。すぐに李功が金を取り出す。

「あ、あの、困ります。僕は今、持ち合わせがなくて」

「小響にではない。お前の妹にだ。土産一つ家に持って帰らずに一晩出かけたら怪しまれるだろ？」

「そ、そうかもしれません。お気遣いありがとうございます。妹も喜ぶと思います」

「気にするな。それより、あの店に入ってみよう」

蒼君が、露店ではなく高級そうな店に芙蓉を誘った。

「待ってください、蒼君さま」

芙蓉は小走りについていく。

しかし蒼君の足が、妓楼街の近くに差しかかった時、ぱたりと止まった。芙蓉は彼の背にぶつかる。

「痛っ。どうしたんですか、蒼君さま……」

「しっ」

蒼君が店の柱に隠れた。芙蓉は訳がわからず、共にその背に並んだ。

「あそこにいるのは、俺を狙った刺客だ……」

「え!?　あの逃げられたという!?」

「ああ」

蒼君の視線の先には、顔に傷のある男がいた。長身で体幹が強そうな体つきをしている。大股で剣を片手に周囲を気にするように歩いていて、隙のない動きは確かにただ者ではなかった。

「追いかけよう」

「は、はい」

二人と李功は人混みをかき分けるようにして跡をつけた。が、いかんせん、人が多い。客引きは、蒼君の手を引いて邪魔をするし、道は肩が当たるほどの賑わいだ。慣れたように歩く刺客の男とだんだんと引き離され、やがてその長身の頭がどこにあるかさえわからなくなってしまった。

「私が追います」

李功が二人を置いて走って行ったが、この人出だ。見つかるまい。

芙蓉と蒼君は道の真ん中で途方にくれた。

「どうしますか」

「とにかく、一度、船着き場に戻ろうか」

「そうですね……それがよさそうです」

二人は来た道を、人混みをかき分けて引き返すことにした。踵を返し、三歩進んだ時、芙蓉ははっと身を硬くして、蒼君の袖を摑んで道に立ち並ぶ屋台の陰に隠れた。大きな馬車が二人の前に停まり、踏み台を降りてきた人物に見覚えがあったからだ。

「どうした？」

「あそこに第一皇子がいます……」

芙蓉はそうささやくと、手に持っていた笠を慌てて被った。

――危なかった。

芙蓉は第一皇子と多少の面識がある。向こうもこちらの顔を覚えているはずだ。

——男装を第一皇子に見られたら困る……。

第一皇子は、長身とはいえ武術をやらないので体つきはひょろっとしている。顔は母親似の瓜実顔で、後宮では宮人女官がほっておかない美男だと言っていい。たしか、三十歳。文人を気取って、名画を描かせた扇子を自慢げに開いていた。

「一緒にいるのは誰でしょうか」

「商人のようだな。向かうのは妓楼か——」

囲んでいるのは、四人ほどの商人風の男たち——照りばかりがいい派手な色の衣を着ているのはどう見ても貴族ではなかった。貴族らしい立ち振る舞いもなく、第一皇子が頷くたびにひれ伏さんばかりに頭を下げていた。

——第一皇子は微行の真っ最中というわけね。しかもなんだか怪しげな人たちと。

芙蓉は考える。

第一皇子はにこりともしない真面目な人だ。とはいえ、勉学と風流に励んでいるというわりに、しゃれた詩の引用や故事を使った冗談など聞いたことがない。それが妓楼に行くとはなんとも興味深い。

——第一皇子には既に正妻の他にも五人の側室がいる……正式でない女人もたくさんいるはず。わざわざ妓楼に来る必要はない……なら、なんのために来たわけ？

蒼君が言った。

「刺客を捜していて第一皇子に出くわした……これは偶然か？」

芙蓉も呟くように答えた。

「品行方正が唯一のとりえの第一皇子らしくない行動です……」

「とにかく俺は黥を追う」

「なら、僕は第一皇子を街で見かけたことを皇太后さまに伝え、なにか後宮に動きがないか、調べてみます」

第三章　影の主

二月、梅が満開になった頃——。

「蒼君さま」

風が通りすぎて酒楼に青い旗がはためくと、芙蓉は酒楼に向かった。馬車から降りて見上げれば、既に蒼君は来ており、赤い欄干に身を預けてこちらを見下ろしていた。その凜とした佇まいに芙蓉は思わず見とれて、未刻を知らせる鐘の音に慌てて気を取り直し、平静を装う。

「お待たせしました」

「いつものことだ」

もう蒼君は芙蓉の遅刻に慣れたようだ。扇子を閉じて、ふいに尋ねる。

「戯曲はなにか歌えるか」

「……なぜですか？」

「第一皇子の邸で碁会が行われる。その余興に戯曲が披露されるが、その役者として潜入して欲しい」

芙蓉は肩を落とし、どうしたものかと目を瞑った。彼女はこれまで生きて来た中でなんでも全力でがんばって来た。師の教えと期待に応え、ありとあらゆる能力を学ぼうとした。しかし、寛大な石白明に「万策尽きた」と言わしめた欠点が一つだけあった。それこそ、歌である。

「なんだ、冴えない顔だな」

芙蓉は眉毛を八の字にして蒼君を見上げた。

「僕はなんでもできます。書も得意ですし、楽も算学も幼いころから習っています」

「だから？」

「だから……その……」

蒼君は呆れたように深い吐息を漏らして、うなだれている芙蓉を見る。

「つまり、歌えないのだな」

「……まぁ、そういうことです……」

「お前のことだ。不得意なことなど、なくそうとしたはずだ。それでも治らなかったとなると……かなりの音痴ということか」

「かなりというか……まぁまぁです……」

まぁまぁどころではない。師は芙蓉が子供の頃、詩に曲をつけて覚えさせようとしたが、聞くに堪えなくて止めたほどなのだから、筋金入りの音痴である。

「歌えないのだな？」

「……はい。申し訳ありません……」

蒼君は少し手を組み、考え、仕方なさそうに一枚の紙を彼女に手渡す。

「これはなんですか？」

「第一皇子の邸で行われる碁会の招待状だ」

「碁の会？　そもそも、それはなんですか」

「碁の腕を競う会だよ」

「やはり第一皇子を疑っているのですね？」

「商人と妓楼に行くなど第一皇子らしからぬ行動だ。念のため、調べることにした」

芙蓉は招待状を広げてみる。開催の日付は明日で、急なことに戸惑うが、昼間の催しのようなので出かけられないことはない。

「よく招待状をもらえましたね」

「それくらいの伝手（つて）はある。招待されたのは、第一皇子の取り巻きのはとこだ。その男の年齢は三十だから、小響では化けるのに無理があるから、他の手の者を潜り込ませるつもりだったが……歌えないのなら仕方ない。小響が客の役をするしかないな」

「そうしていただけるとありがたいです……」

「地方からやって来たことになっているから、まぁ、どうにかなるだろう」

芙蓉は少々困った。どうにもならない人物が一人いる。第一皇子とは親しくないとはいえ、皇太后の部屋で何度も会ったことがある。

「あの――第一皇子は……」

「第一皇子は勝ち残った者の対局のみを最後に見ることになっている。だから問題ない」

「なるほど」

「碁は打てるか」

「打てますが、大勢招かれているのなら後ろで見ていることになるはずです」

「確かにそうだな。目立たなくしていれば、順番は回っては来ないだろう」

こういう有閑貴族の集まりでは、すでに決まった人が選ばれていて、前々から準備しておくものだ。取り巻きのはとこなどは、自ら率先してやりたいと言わないかぎり、観客の一人で終わるはずだ。

「大丈夫そうか？」

「はい。大丈夫です。やってみます」

芙蓉は頷いた。

「頼んだぞ」

「それで、蒼君さまはどうするのですか？」

「俺は第一皇子の書斎に忍び込む」

「それは大胆ですね。第一皇子が書斎に行かない確信はあるのですか」

「第一皇子は、対局中、公平を期して声の聞こえない庭の読書堂にこもるのが常だ。書斎には向かわないだろう」

蒼君は既に間者を第一皇子の邸に入れたようだ。手際がいい。

翌日――。

芙蓉は眉を凜々しく太く書き足した。また立派な体に見えるように綿が入った下着を身につけ、地方出身であるという設定から、垢抜けない丸衿の袍を選んだ。地味な苔色は目立たなくていい。佩玉も安物を着け、髪を結う小冠も木製にした。

「扇子は？」

「あ、忘れました」

「ではこれを持っていけ」

扇子は顔を隠すのにちょうどいい。芙蓉は蒼君の扇子を借りた。しかし、

「お、重っ」

持ってみて芙蓉は思わず落としそうになる。

蒼君が笑った。

「護身用に親骨に鉄を入れた。以前持っていたのは象牙で折られたからな」

「そ、そうですか……さすが、蒼君さまです……」

「くれぐれも無理するなよ」

「はい。では行ってきます」

「ああ。俺も後から行く」

第一皇子の邸の前まで行くと馬車で道が大渋滞していた。

——これだけ客がいるなら人混みに紛れることは簡単ね。

第一皇子の邸は皇宮の西側。西華門の近くにある。そう聞くと華やかな印象だが、その周囲は特に店もない住宅街で、参内するときはぐるりと回って東華門まで行かなければならないので不便極まりない場所だ。つまり、それほど優遇された存在ではないということである。皇族の邸のほとんどは皇帝からの下賜によるものだから、父親からの愛情が薄いのが察せられる。

それでも邸は巨大で、数百人の客をもてなすには十分の大きさだった。門の前には警備の兵が六人、馬車を誘導する使用人が八人おり、家職とおぼしき初老の男が客を迎えている。

「さすが、皇子ね」

使用人たちは、なんの隙もなくてきぱきと動いていた。これだけの客をもてなすのだ。茶から食事の用意、はては手洗い所の掃除まで完璧にこなさなければならない。金もかかるし、気も遣う。それでもこうした催し物をするのは、自分の友好関係を広げる目的があるのが透けて見える。

——蒼君さまは無事に忍び込めたかな……。

表がこれだけてんやわんやなのだ。裏から忍び込むのはそれほど大変ではないかもしれなかった。使用人も不審な人を見ても、客が邸を興味本位に見物しているくらいにしか思わないかもしれない。

――ふうっ。

招待状をにこやかにほほ笑む家職に渡すと、なんとか芙蓉は門をくぐれた。中を見れば、国子監の学生や、文人、官吏、高官の子弟、科挙合格者で溢れている。芙蓉のように地方から出てきたらしい貴族もちらほらみえた。

「どうぞ」

時間の前に来たというのに、すでに会は始まっていた。

芙蓉は人の顔を一度見、名前を聞けば忘れない特技を活かして呼ばれる名前を頭にたたき込み、誰であるか一人一人覚え、周囲の人とも気軽に挨拶をしていくことにした。

「失礼します、少しお話しいいですか？」

芙蓉は隣に立っていた男に声をかけた。気のよさそうな男は知り合いとの会話を中断してこちらに顔を向けた。

「ああ、はい。どうされましたか？」

「あの方はすごいですね。あっという間に勝たれました。なんという方かご存じですか」

「ああ、あの方は――」

と言った具合に、分からない人のことはなにかしら褒めて、名前を引き出す。ついでに「ああ、失礼を。はじめまして、私は――」と挨拶して、尋ねた相手の名前も聞く。

誰がどんな待遇でこの集まりに参加しているか、聞き出すのが芙蓉の仕事だ。もちろん、間諜も調べているだろうが、碁会に参加してはじめて分かることもある。

——知らない人と話すのは、やっぱり緊張する……。

対局はしんと静まり返った中、ずらりと並んだ碁盤を前にした人々によって行われていた。盤を覗き込む人、後ろでそっと見守る人、友人なのか親族なのか励ます仕草をする者さまざまだ。しかし、しばらくすると、大半が自然とおしゃべりのために部屋を出て、中庭をめぐる回廊の欄干に座り茶を飲み始めた。

——書斎ってどこだろう。

芙蓉がきょろきょろとしていると、茶と茶食と呼ばれる糕（蒸し羊羹）を運んで来た侍女が現れた。まだ年若い、十五、六といったところか。芙蓉を見ると貴公子だと思ったのか、盆を高くして捧げる。その顔は真っ赤になっており、とてもうぶで純真な子のようだ。

芙蓉は雑談を装って尋ねてみた。

「大きな邸だね。迷ってしまいそうだ」

「ご心配には及びません。どこかへ行く時は使用人にお声をおかけくだされればお連れいたします」

「そうだね。みんなそうしているようだ」

必ず用を足しに行く時は、使用人が案内する。表向きはいくつかある手洗いに待たずに行けるようにとの配慮だが、その実、あたりを歩き回られたくないからだろう。

「警備の者もいるようだから、心配なさそうだ」

「はい。母屋から出ると警備の者がお声がけいたしますので、迷われることはないかと存じます」

「ふうん」

芙蓉はにこやかに菓子を受け取り、一口食べた。

「珍しい菓子だね」

「後宮からの差し入れの菓子でございます」

「なるほど、美味しいわけだ。ありがとう」

さらに茶を取ると、芙蓉は侍女を解放した。

――だいたい、どこの家も建物の形状は同じ。正面が母屋で、その奥には主人の私室。左右に息子、さらに奥に妻妾や娘の部屋があるはず。たぶん、この裏の建物の中に書斎はあると思う。蒼君さまは間者によって間取りを把握しているだろうけど――。

芙蓉は茶をすすり、雑談してくれそうな人を探す。もしかしたら、邸に詳しく、自慢げに話してくれる人もいるかもしれない。輪になって話している客は多いが、芙蓉のように一人の者もいる。勇気を出して話しかけようと一歩、前に出た時、

「何者だ！」

という大きな声がした。すると、警備の兵士たちが一斉に裏手へと急ぐ。剣がぶつかり合う大きな音がしてがやがやと客たちが騒ぎ出した。

「なにがあったんでしょうか……」

芙蓉はなにも知らないふりをして隣にいた男に独り言のように声をかけた。

「さぁ……」

その間も騒ぎはどんどん大きくなるばかりだ。客たちは、いったん、外に出た方がよさそうだと判断したのだろう。なにがなんだか分からないまま、門の方へとぞろぞろと押し寄せた。芙蓉も疑われないようにその波に乗った。

「小響」

そこに小声で呼びかけられた。蒼君の声だ。思わず答えたくなるのを堪え、振り向くこともなく彼の声にだけ耳を澄ませる。

「これを持って行ってくれ。馬車で待っているように」

「わかりました」

蒼君は芙蓉の袖に紙を押し込むと、人の流れとは別方向へと向かった。見知っている顔が多いからだろう、小響から受け取った扇子を広げて自然な態で顔を隠す。

「どうやら盗賊が現れたらしい」

そんな囁き声が聞こえてきたのは、門前で戻るべきか、帰るべきか考えこんでいる集団からだった。人々は少しのあいだ逡巡したあと、「ここにいても仕方がない」という結論に到ったようで、家職が「申し訳ありません」と謝りながら見送る横を帰って行く。

芙蓉もそんな連中と交じって自分の馬車に戻った。

「小響」

「蒼君さま！」

「しっ」

　蒼君は唇にしいっと人差し指を当てる。芙蓉は慌てて両手で口を塞いで囁いた。

「ご首尾は？」

「よくわからない。俺たちはすぐに見つかったから、机の引き出しにあった書類を摑んできただけだ」

「李功は？」

「李功のことは心配ない。あの者の武術は確かなものだ。なんの証拠も残さずに帰って来るはずだ」

「ならいいのですが――」

「警備兵を撒くために遠回りしただけだ。すぐに戻る」

　蒼君が自信ありげに言うので、芙蓉は頷き、袖を探って二十枚ほどの紙を取り出した。

「で、なにを見つけたんですか」

　馬車が動き出すと芙蓉は窓の近くでそれを開いた。光に照らされたのは名前の羅列。

「名簿のようなんだ」

　蒼君が紙を指差した。

「名簿？」

　しかし、そこに書かれていたのは、きらびやかな貴族の名前ではなく、庶民の名前だった。

「なんの名簿だろうか……」

「ううん」

　芙蓉も同じ紙を覗き込んで考えた。

　王一、王二、王三など、家族と思われる名前があるが、少し単純すぎる命名であるので、字が読めない民か、あるいは庶民の幼名でまだ子供なのかもしれない。

「貴族の名前ではないのは確かでしょう」

「だが、なんの名簿か分からないな。第一皇子の領地に住む民の戸籍かもしれない――」

「どうしてこれを持って来られたのですか」

　芙蓉は不思議に思って尋ねた。第一皇子の書斎にはたくさんの書類があったに違いない。文の方が友好関係や秘密を探りやすいというのに、蒼君はそれを選ばずに、こんなよくわからない名簿を持ち帰った――。

「鍵のかかった引き出しに入っていたんだ。だからなにか特別なものではないかと思った」

「なるほど」

　芙蓉は考えながら、名前が連なった紙を見た。

「『燕』という姓が多いですね」

「同じ出身地か、一族だな」

「つまり、同じ地域に住んでいる人たちということになりますね？」

「なるほど？」

芙蓉が名前の羅列の一つに指を止める。

「異民族でしょうか、蔚遅（うっち）という姓も一人だけあります」

名簿には法則があるようでない。ならば、ここは蒼君の出番だ。

芙蓉は提案してみた。

「戸部（こぶ）で管理している戸籍を見ることはできないでしょうか。ここにある蔚遅力（うっちりき）という人物がどこに住む誰なのか分かれば、実際に話を聞きにいけるかもしれません。そうすれば他の人たちの手がかりもつかめるはずです」

戸部は土地や、民の戸籍など、行政を司（つかさど）る役所で、皇宮の南、右衛門の近くにあり、ここからさほど遠くではない。

「なるほど。蔚遅は麗京では少ない姓だ。珍しいから調べやすいな」

「そうなんです。僕もそう思って」

「今日もいい頭の回転をしているぞ、小響」

「では行ってみましょう！」

善は急げだ。

二人はその足で戸部の役所に向かうことにした。馬首は東へと向かい、静かな住宅街を行くが、芙蓉はだんだん心配になる。

「戸部は、戸籍を見せてくれるでしょうか」

「知り合いがいるから大丈夫だよ。理由を聞かずに見せてくれるはずだ」

「それならよかった。それであの、先月の刺客の素性は調べられたのですか」

「戸部に問い合わせたが、三人のうちの二人は、亡くなっていた。最後の一人はまだ生きているようだから、部下を調べに保州にやっている。帰って来るにはもう少し時間が必要だ」

「保州は北の国境近くです……異民族とつながりがありそうですが……戻ってくるまでには確かに時間がかかりそうですね」

「とりあえず、この『尉遅力』というヤツを見つけよう」

「はい」

やがて馬車が静かに止まった。

芙蓉が帳をめくると「戸部」と扁額が飾られた役所の前だった。門番はいるが、少しだらけた印象なのは、大理寺のような厳格な場所ではないからだろう。

蒼君は馬車を降りると、芙蓉に馬車の中で待っているように告げ、門番に誰かを呼びに行かせた。しばらくすると、初老の官吏が、幞頭を押さえながら走って来て、平身低頭で蒼君に挨拶した。

——紫色の官服に、金帯……。四位の官吏だ。

官吏や武官は着ている衣の色や装飾品によって官位が分かる。紫に金帯は四品の装いだった。官吏としては上の中くらいと言ったところか。

――やっぱり蒼君さまは皇室の人ね。

しかし、そんなことは今はどうでもよい。蒼君が手招きすると、芙蓉は馬車を降り、役所の階段をさっと上って一緒に立派な門をくぐった。

「すまないが、尉遅力という人物を捜しているんだ。見つけられないか」

先を行く官吏に蒼君が告げると、官吏は少し首を傾げて答える。

「都に住んでいる者ですか」

「それを知りたいと思っている」

「尉遅は珍しい姓なので住んでいるのなら、見つかるはずです。ですが、流れ者ならば、戸部が戸籍を管理していない可能性もあります」

「忙しいところ悪いが、調べてくれないか」

「なんということはありません。すぐにお調べいたします」

官吏は「むさ苦しいところですが」と断ってから戸籍簿がある書庫に案内してくれた。戸を開けた瞬間、紙と墨の匂いがし、芙蓉の心は躍った。

「こちらへどうぞ」

『尉遅力』という人を捜しに官吏と蒼君は書庫の奥へと行ったが、芙蓉は別の名前を探してみることにした。王という名前も燕という名前も名簿にたくさんあるし、麗京にはいくらでもいた。

芙蓉は、紙に書かれている松という姓を調べることにし、松久詠なる人物に目をつけた。三文字名なので調べやすい。

「松、松、松」

芙蓉は木偏をすぐに探し出すと、その中から公の字を目で追った。指が止まった時に、松という姓を持つ人物は、本五十冊分に及ぶことを知る。それでも諦めることなく、『久詠』の名を探す。

「あった！」

しかし、厄介なことに同じ名前が四人もいた。芙蓉は、戸籍に書かれている、名前、住まい、両親、生まれた日と子の名前などを書き写し、こちらに戻って来た蒼君に駆け寄った。

「ありましたか」

「あった」

芙蓉が手を出すと、官吏が名前と住まいが書かれた紙を手渡した。尉遅力には家族がいないのか、他は空欄のままで、生まれた年さえ書かれていない。芙蓉は住まいの場所を見、指で紙を叩いた。

「金梁橋の近くのようですね」

地図は師である石白明によって頭にたたき込まれている芙蓉は、地名を聞けば脳裏に地図が浮かびあがり、一瞬でその場所を思い出せる。金梁橋は皇宮の西南西にある麗河(れいか)にかかる橋で外城内にある。船着き場があり、大小の船が停留して、船人足相手の「酒」などと書かれた吊(つ)り下げ旗がゆらゆらしているような、飲み屋が軒を連ねる庶民の街である。

芙蓉は自分が探し出した松久詠なる四人の人物の住(す)み処(か)を確認した。そのうちの一人も金梁橋近くの住人だ。芙蓉は蒼君の袖(そで)を引く。

「とりあえず、金梁橋に行ってみませんか。なにか分かるかもしれません」

「そうしよう」

蒼君は丁寧に官吏に礼を言い、戸部を後にする。彼はちらりと芙蓉を見た。

「今日の小響は機嫌が良さそうだ。戸部の書庫はそんなに楽しかったか」

「ええ。できればすべての名前を調べたかったくらいです」

「共通点は見つけた。見に行ってみよう」

「はい！」

そして戸部の門を過ぎて、階段の上にたどり着くと、黒衣の人が軍礼をした。李功だ。

蒼君が言うとおり、息も切らさず戻って来た。

「李功、無事だったか。怪我はないか」

「ございません。撒(ま)くのに少し時間がかかり、遅くなって申し訳ありませんでした」

「ご苦労だった。今から金梁橋に向かう」

「かしこまりました」

一行に李功も加わり、馬車は麗河沿いを行く。芙蓉は窓の外の船を見た。

山のように積まれているのは米か麦か、産物か。その重さで船体は下がり、重心はわずかに傾いていた。そんな大船が一つや二つではない。この巨大都市の人々の胃袋と欲求を満たすために、日々、様々な物が運び込まれ、流通しているのである。

芙蓉は思い出したように言った。

「金梁橋といえば、皇太后さまがそのあたりに寺を建てたいと思っていらっしゃるんです」

「寺か？　ああ、静徳寺とかいう寺を建てようとしているのは聞いている」

「もうかれこれ十年も話だけでなにも進んでなくて、どこに建てるかすらまだ決まっていないんです」

「やはり金の問題か？」

「はい。皇太后さまは、国費を圧迫させたくないお考えなんです。でも陛下は、孝行心からなんとか建設できないかと思ってくださっている様子で――」

そこまで言ったとき突然、馬車が止まった。

――あっ！

前のめりになった芙蓉は蒼君の胸に飛び込んでしまった。慌てて身を離すと、両手を宙に浮かしたまま呆然としている蒼君がいて、芙蓉はすぐに頭を勢いよく下げて詫びた。

「す、すみません……」

「い、いや……不意打ちを食って少しびっくりしただけだ……」

——女嫌いの蒼君さまに抱きついてしまった。密着してたら女だってバレてしまうところだった！

芙蓉は気まずい空気に頭を掻きむしりたくなるほど慌てたが、そこに助け船が現れた。

「蒼君さま」

李功だ。芙蓉はすぐに馬車の帳を開けた。

「なにこれ——」

芙蓉が見たもの——それは棒を持ったならず者たちが、住人たちを叩きのめしているところだった。

金梁橋から一本、奥の道に入ると三つの坊（区画）があり、そのうち手前の坊では混乱を極めていた。ならず者と思われる男たちが百人ほどもいて、順に住人を家から引きずり出しては棒で殴っているのだ。

殴られているのは、抵抗する若者だけではない。歩くのもやっとの老人すら棍棒で無作為に打たれ血を流しており、「やめてください」とすがりつく女や、泣き叫ぶ子供たちの声で悲惨な状況となっていた。

「なんてこと！」

芙蓉が止めようとすると、蒼君の腕がそれを制止する。

「なぜ止めるんですか！」

芙蓉は憤慨した。しかし、蒼君は辺りを見回して言った。

「事情を聞いてからにしよう」

芙蓉は一度、呼吸をする。

——その通りだ……落ち着かなきゃ……師父からいつも言われているのに……。

二人は、怪我をしている三十くらいの男とその妻を見つけると、目線を同じにしゃがみ込んだ。

芙蓉は絹の手巾を手渡す。

「血が出ています。大丈夫ですか……」

「あ、すみません……」

妻の方が礼を言い、手巾で夫の叩かれた頭を押さえた。

「なにがあったんだ？」

蒼君が尋ねると、感情が高ぶったままに夫の方が目をつり上げた。

「なにって、立ち退かされているんですよ！」

「立ち退き？」

「静徳寺の普請が始まるっていうから、それで立ち退かされているんですよ！」

「普請？　決まったという話は聞かないが……」

「こっちも寝耳に水でございますよ。突然、金五十貫で出ていけって言うんですから」

――五十貫？

芙蓉は驚いた。五十貫といえば、下級兵士の年俸に当たる。それだけしかもらえずに、住むところを取り上げられるとは信じがたい。しかも、聞けば、一人に五十貫ではなく、一家族に五十貫なのだという。

三世帯どころか、叔父夫婦、従兄弟など一族郎党で同居しているのが当たり前の麗京で五十貫ばかりしかもらえずに追い出されたのでは、新しい家を探すこともできず、困窮は免れない。

「どういうことだ……」

「ありえません」

蒼君は戸惑い、芙蓉は当惑した。

「皇太后さまは建設のめどが立たないことを残念に思われている様子でしたが、別段、急いではおられません。自分のお金で小さくてもいいので、建てられればいいなくらいで……」

「陛下もそうだ。孝心はあっても異民族との戦いに備えて軍費も用意しなければならない。寺の建設は具体的にはなにも決まっていないはずだ」

芙蓉と蒼君は顔を見合わせる。その時――。

「おらぁ！　なにしている、この野郎ども！　うちのシマで勝手は許さねぇ！」

大声とともに、そこにもう一組のならず者が現れた。総髪の男が親分か。異民族のように細い三つ編みをいくつか耳元に垂らした髪型をしていた。

「あれはだれだ？」

蒼君は夫婦に尋ねる。

「ここいらをまとめている尉遅力親分ですよ」

芙蓉と蒼君は思わず顔を見合わせた。捜していた相手は地域の元締めのようだ。

蒼君が更に聞く。

「どういうヤツだ」

「荒くれ者です。このあたりでみかじめ料を取る異民族の親分ですよ。逆らえる者などいない野蛮なヤツです。どうせ、この騒ぎもやつらが原因ですよ。一家は問題しか起こさない酒飲みの集まりですからね」

尉遅力一家が現れると、住人を追い出していた男たちが棍棒をそちらに向けた。

「尉遅力か。いいか、今日からここはオレたちのシマだ。お前らこそ、怪我をしたくなかったら、さっさと出ていきやがれ！」

剣が抜かれると、「うおお」という雄叫(おたけ)びを上げて二つの勢力はぶつかった。住人たちは子供の手を引いて建物の中に逃げ込み、先ほどまで話をしていた夫婦も這(は)うように家の中に入り門を閉めた。

どうやら尉遅力とは好ましくない人物のようだ。騒ぎの原因が彼らにあるのなら見逃すことはできない。

芙蓉は瞳をもう一度、尉遅力に向ける。

確かに異国風の高い鼻に二重のはっきりした瞳をし、野性的な雰囲気が、日焼けした体から溢れていた。蒼君とは真逆の男で、大刀を振り回す様子は、講談に出てくる武俠の男のように臆することがない。

――確かに野蛮そう……。

芙蓉は状況がさらにわからなくなった。

「おりゃ！　てめぇら、やっちまえ！」

二つの勢力は互いに縄張りを主張して乱闘が始まった。

それを見ていた蒼君は芙蓉を背に隠し、李功に命じる。

「一人、住民を追い出している側のヤツを連れて来い。誰が絡んでいるのか調べるんだ」

「御意」

つかつかと近よった李功は乱闘に加わると、一人の首根っこを摑んで引きずって来た。乱闘の混乱に乗じて建物の陰で投げ飛ばし、容赦なく蹴りを食らわす。蒼君が芙蓉の目を扇子で塞いだ。

ドス、ドス、ドスという音だけが芙蓉には聞こえた。すべて蹴りの音だ。容赦は全くなく、李功はなにも言わず、聞きもせず、とにかく主の指示があるまで蹴り続ける。

「もういい」

蒼君がそういうと、芙蓉の視界も開いた。男は息も絶え絶えで、李功は蹴りではなく、今にも剣の鞘で叩こうとしているところだった。

「聞きたいことがある」

「くそ野郎っ……」

捕まったごろつきは血痰を吐きながら罵った。

「李功。次は頭を狙え」

「かしこまりました」

李功はもう一度、剣の鞘を振り上げた。

「ま、待った、待った、待ってくれ……」

先ほどの元気はどこに行ったのか、男は頭を庇いながら命乞いをした。相変わらず、通りでは二つの勢力が棒や剣で争い混乱し、こちらには誰も気づかない。

「お前たちはなに者だ」

「おれたちは李一家のもんだ」

「それがなんで、民を追い出している？」

「ここはこれからおれたちのシマになる。だから追い出している、それだけだ」

蒼君は冷たく見下ろした。ただの縄張り争いではないのは確実だ。

「なぜ民を家から追い出し、誰の命令で動いているのだと聞いているのだ」

李功が剣を抜きかける。すると、男は手で顔を庇いながら答えた。

「ま、まま、待ってくれ。話すから待ってくれ。月香の女将に頼まれた」

「誰だそれは？」

「月香の女将といえば、月香の女将だ。月香閣の主さ」

月香閣。

それは、皇宮の東南にある老舗の妓楼の名前だ。そのあたりには夜市もあり、妓楼や酒楼が並ぶ言わば繁華街といえる賑やかな場所らしい。らしいというのは、芙蓉は妓楼のある場所などとは今まで無縁で、どういう所かは知らなかったからだ。わかっているのは地図上でのことだけ。

李功が代わりに答えてくれた。

「月香閣は麗京屈指の妓楼で、貴族や富貴な商人、豪族などが出入りする店です。賭場もあり、大きな金が動くと噂を聞いたことがあります」

――ふうん。

芙蓉は腕を組んだ。国法を学んだことがあるので国営の場所以外の賭博は違法であるのを知っていた。なぜそんなところが存在するのか。

蒼君も同じことを考えたようだ。

「なぜ賭博が堂々と行われているのだ」

「裏に別の主がおり、その者が力があるからだとか、袖の下をしっかりと麗京府に渡しているからだなどと言われていますが……私も噂でしか知らず……」

中には入ったことがないと李功は言った。

「確かに麗京府が来ないな」

視線をならず者の乱闘に戻せば、死傷者が出ているというのに、未だに麗京府が仲間を呼ぶ笛の音どころか、その影さえない。今日、ここで諍いがあるのをあらかじめ知っていて、通報があっても動かないのだろう。

――なんて恥知らずな！

憤慨する芙蓉の横で、蒼君が扇子を閉じる。

「袖の下を多めに渡しているとは言っても、これだけ大きな乱闘騒ぎだ。月香閣の主は相当金を使ったようだな」

「そのようですね……」

その時、急に静かになった。

振り返れば、乱闘は一通り終わったのか、尉遅力親分が「行くぞ！」と声を上げ、配下を連れて走り去っていくところだった。

痛めつけられた仲間を助け起こしながら、その集団は金梁橋を越えていった。

「この街を守るのがあの者たちだけというのも、なんか不思議な感じです……」

「尉遅力か。どういう人物だろうか」

立ち退きを迫っていた方のならず者たちも少なからず尉遅力によって損害を被ったらしく、よろよろと立ち上がると、口の中を切ったのか血を吐き捨てながら、

「おい！　引き上げだ！」

とさんざんなありさまで消えて行った。

残されたのは、民である。

門の前で泣いている者。

道にうずくまる者。

怪我をしている者。

芙蓉は言った。

「医者を呼んでください」

李功は頷き、密かに馬車を守らせていた部下に目配せをする。その去って行く足音を聞きながら蒼君が独りごちた。

「これは地上げだな」

「地上げ？」

「安く土地を買い叩いて、本来の値段より高く売る。静徳寺の普請に関わる不正だ」

「なるほど……。それで五十貫などという安い値で住民を追い出しているのですね。それにしても、尉遅力ってどういう人物なのでしょうか」

蒼君は芙蓉を手で促し、橋の方へと行く。そして、大河にかけられた半円の虹橋の欄干にもたれた。河からの風が冷たかったが、陽射しは暖かい。蒼君の頬がそれに輝き、芙蓉は眩しく見上げた。

「話を聞きに行ってみませんか」

「麗京府にか？」

「いいえ、尉遅力って人にですよ。このあたりが縄張りなら、もっと詳しく知っているかもしれません」

蒼君は眉を顰め、腕を組んだ。

「信用できないし、危険だ。奴らも一枚嚙んでいる可能性もある」

「李功と護衛を連れて行けばいいでしょう？」

「そんな危ないことは――」

と、蒼君が言いかけた時、前から「あっ」という声がした。

芙蓉が声の主を捜せば、十くらいの少年で、真っ直ぐにこちらを指差していた。

――どこかで……。

「君は――」

「元宵の夜におらのことを助けてくれたお兄ちゃんだろう？」

「あ、ああ。あの時の！　無事だったんだね。心配したんだよ」

少年は寒さに赤くなったリンゴのような頰をほころばせて、にこりとする。

「お兄ちゃんも大丈夫だったんだね。おらも心配したんだ。元宵の夜は、役人もいてどうしても注目を浴びるわけにはいかなかった。ごめんよ」

芙蓉は首を振る。

「いいんだよ、この人が助けてくれたから」

芙蓉は隣にいる蒼君を見る。彼はどう答えたらいいのか分からない様子だ。自分が芙蓉を巻き込んでしまったと思っている。でも、それは違う。芙蓉が自ら危険に飛び込んだのだ。

「兄貴が、お兄ちゃんのことをずっと捜していたんだ。お礼を言いたいって。ねぇ、だから一緒にうちに来てよ」

「家はどこだ？」

すかさず蒼君が尋ねた。

「橋の向こう」

少年が指したのは、先ほどの坊より北側。なにか、少年の兄が知っているかもしれない。芙蓉は頷いた。

「連れてって」

「ああ。こっちだ」

少年は芙蓉の手を握り、橋を下った。

＊

少年は橋を渡り、大通りを右にそれると、どんどんと路地を進む。

水たまりが泥濘（ぬかるみ）となって靴を汚し、蒼君は芙蓉の袍（ほう）の裾（すそ）が濡（ぬ）れるのではないかと案じた。

「こっちだよ！」

少年は、慣れたように野良犬を追い払いながら、何度も振り返って小響の手を引っ張った。

蒼君はだんだんと疑い始めた。もしかしたら追（お）い剥（は）ぎに遭うのではないか。頭も洗っていなそうな小汚いこの少年は本当にあの時に助けた子なのか。一体、どこに連れて行くのか——。

それなのに小響は少年とにこにこ話しながら歩いている。「人の性の善なるは、なお水の下（ひく）きに就くがごときなり」などと、本に書かれている通りに人の本質は善良だと信じて疑っていない様子だ。

——純粋だといえば、純粋……まったく小響らしいが……。

呆（あき）れる半面、そういうところも小響らしくていいと蒼君は思う。彼女の笑みは屈託なく、偏見や利害に満ちていなかった。純真なその瞳（ひとみ）は世知辛い昨今では泥の中に咲く蓮（はす）のように清らかだ。蒼君は小響の背を見ながら、好ましく思った。

「小響——」

そろそろ引き返し、事件について調べよう——と言いかけた時、少年が大きな松の木が植えられた家の門の前に立った。黒漆の門扉は少し傾き、正月に飾ったばかりのはずの春聯（しゅんれん）は半分剥がれ落ちているような陰気くさい場所だ。

「ここだよ」

そこには目つきの悪いごろつきどもが四人、座り込んでいた。ぎろりと蒼君をにらみ付け、何者であるか怪しむ。当然だ。貴族が来るような場所ではない。

「兄貴はいる？」

少年がその一人に訊（き）くと、しっしっと手を振った。

「兄貴は忙しい」

「元宵の夜におらを助けてくれた人を見つけたんだ」

ごろつきたちは「ほお？」という顔になる。蒼君はその中の一番年長らしき男に言った。

「別に礼を言われるほどのことではない。こちらが巻き込んだようなものだ。ただ、そこでその子にたまたま会ったから、ついてきたまでのこと。兄とやらによろしく伝えてくれ」

すると、その男が立ち上がって中に声をかけた。

「おい、兄貴は？」

中から声がした。

「いきり立っていやんす」

「……………」

「では、また」

蒼君は小響の袖を引っ張った。彼女は少年の背の高さに目を合わせると、小遣いを少しやり「またね」と言って汚い頭を撫でてやっていた。

「待ってくれよぉ。兄貴は本当に会いたいって言っていたんだ。本当だよぉ。ここで待っててくれ、な？」

小響は困った顔をし、蒼君は眉を顰める。

「おら、兄貴を呼んでくる！」

それなのに、止める間もなく少年は門の中に走り入ってしまった。

待つべきか悩んでいる様子の小響に、蒼君は声をかけた。

「行こう、小響。ここは危ない。調べる方法は他に山ほどあるはずだ」

「あ、はい」

さすがの小響もまずい場所に来てしまったことはわかったらしい。蒼君に言われるままに扉に背中を向けた。

――どうせ兄貴という者は、ろくでもないヤツに決まっている。得体の知れない人物と付き合う必要などないし、小響を危険にさらすわけにもいかない。

蒼君は一刻も早く、この汚らしい場所から小響を離れさせたかった。

「蒼君さま、お待ちください」

歩みが少し速かったのか、振り向けば小響は息を切らしていた。

「すまない。速かったか」

「はい……でも、あそこはさっきの縄張り争いをしていたならず者一家のたまり場ではありませんか」

――そうかもしれない。

蒼君はいまだに扉の前でたむろしている男たちの方を振り返る。怪我をしている様子だ。

「少し話を聞いてみたくはありませんか」

小響は勇気を振り絞るような声で言ったが、蒼君は冷たく返した。

「いや、全く」

あの夫婦が言う通り、騒ぎの原因が尉遅力にあるのなら、ここは危険すぎる。

「蒼君さま……」

「聞きたいなら李功にやらせる。わざわざ俺たちが行く必要はない」

俺たち――いや、小響をならず者のたまり場などに行かせてはならない。蒼君は再び歩き出したが、後ろから追いかけて来る足音がした。

「待ってくれ」

「………」

「おい、ちょっと待ってくれ」

男の声だ。見れば、先ほど門の前にいたごろつきを少年が連れて走って来た。

「兄貴が一言、お礼を言いたいと言っているんで、ちょっと来てくれないか」

立ち退きについてなにか知っているかもしれない。聞きたいことはいくつもあるが、蒼君は悩んだ。

「こちらが聞きたいことに答えてくれるかもしれませんよ、行ってみましょう」

小響の目が好奇心に溢れる。その瞳に抗えず、蒼君も仕方なくもと来た道を戻ることにして、李功に門の前で待つように命じた。

「こっちだよ」

中は間口が狭いわりに、意外にも広い住宅だった。母屋が一つに、ごろつきが寝泊まりするらしい離れが二つ、牛と豚を飼う小屋がある。

ごろつきたちはその前庭で鶏とともに寝転がり、医者の手当を待っていた。

「あいつら、ふざけやがって！」と喚くが、体が動かぬ者が多く威勢がいいのは口ばかり。重傷の者はうめき声しか上げない。

「兄貴、こっちだよ！」

少年が家の中から連れてきた男は、先ほどの尉遅力と呼ばれていた人物だった。大男で顔の彫りが深い。親分やら兄貴やらと呼ばれるのが似合う日に焼けた顔の人物だ。毛皮を革の鎧に羽織り、剣を片手にしている。二十五くらいだろうか。ならず者の頭にしては若い。顔を殴られたのか、右頬が赤かった。

「あんたらが、あの時の？」

相手はこちらが貴族だとは聞いて知っていた様子だが、少し驚いた目をして小響と蒼君を代わる代わる見て、武人のように軍礼をした。もしかしたら元武官なのかもしれない。異国訛りはあるがこの国の言葉を流暢に話す。

「なにやら、忙しい時にお邪魔したみたいですね……すみません」

小響が丁寧に拱手を返した。蒼君は扇子から手を離さず、ただ扇いで見せる。

「いや……騒がしいところを見せて、お恥ずかしい。コイツが世話になったようで、お礼を一言言いたいと思っていたんです」

小響が微笑する。

「いえ、こちらこそ、子供を巻き添えにしそうになってしまって申し訳なく思っていたところです」

小響は人あしらいが上手い。

身分も性別も、体格も違う相手と臆することなくにこやかに話し、そして礼儀にかなっている。相手も小響から敬意を感じると、蒼君の貴族的な横柄な態度も気にせずに中へと誘い、茶の一杯でもご馳走すると言い出した。

——小響を見習うことは多くあるな……。

皇子は皇子らしく話さなければならない。そういう教育が染みついている蒼君は、どこか横柄な態度を人にとりがちだ。しかし、彼女を見習えば、どう民と話をしたらいいのかがわかる。敬意はどんな人へでも表すべきなのだ。そうすれば、向こうからも自然に礼が返ってくる。

「それでは遠慮なく」

小響が言い、部屋の中に入るとそこは暗く、木彫りの虎の置物に虎の毛皮があった。酒樽があり、酒壺がいくつも床に散らばっている。酒臭く埃っぽい。蒼君は閉口したが、贅沢をしている様子はなかった。

「どうぞ」

「どうも」

小響は促されるまま椅子に座ると、立ったままの蒼君の袖も引っ張った。蒼君は小汚い椅子に腰掛け、出された茶の色を見て、手を伸ばすのを止めた。

「乱闘を見ました。一体なにがあったのですか」

小響が遠慮なく単刀直入に怪我人のありさまを見回しながら尋ねれば、尉遅力は憤慨しながら語気を強めた。

「李一家の奴らが、役人から金をもらって住民の追い出しにかかっているんですよ！　普請だかなんだか知らねぇが、まったく国ってものは民を虐げることしかしねぇ」

小響は小首を傾げて見せた。

「僕が知る限り、寺の建設予定地どころか、建設するかどうかすら決まっていません。そもそも予算すらめどが立っていないらしいですよ」

「予算のことは知りませんが、奴らは実際ここに建てるって言っているんですよ」

——誰かがそう手を回しているということか。

「つまり地上げってヤツですよ」

「地上げですか……やはりそうですか……」

「寺を建てる予定地をあらかじめ用意しておいて、国が建設を決定したときに『ここへどうぞ』と言って、高値で売るって寸法です」

「なるほど」

小響がわざと大仰に頷いて見せる。

「それで尉遅さんは縄張りを守っているというわけですね」

「まぁ、そういうことです。ここの住人はガキから年寄りまでおれを頼りに生きていますんで」

「ご立派な心がけです」

——おそらく、麗京府などが動かないからならず者が出て来ざるを得ないのだ。

蒼君は不甲斐ない麗京府に腹を立てた。

小響が気遣うように尋ねる。

「尉遅さん、怪我はありませんでしたか」

「おれはかすり傷ですがね、野郎どもは骨を折っているのも多い」

「僕たちの方でも医者を呼びにやりましたから、直に来るでしょう」

「そりゃ、ありがたい」

——どうやら、この男が騒ぎの原因ではなさそうだ。

蒼君は小響を見習うことにした。

「聞きたいことがある」

蒼君は尉遅力と口をきいてみることにした。小響も尉遅力も彼が身分の低い者と直接話をするとは思っていなかったのか、少し瞠目したが、尉遅力は別段、意に介さないらしく、蒼君に双眸を向けた。

「李一家なる者が月香閣の主の命令でやって来たと言っていたが心当たりはあるか」

「…………」

「ないのか」

「いや……少し驚いただけですよ。月香閣が関わっていたとは知らなかった……」

尉遅力は舌打ちした。蛇の道は蛇。この手のことは同業者に聞くに限る。

「月香閣について知っていることを教えてはくれないか」

「月香閣は麗京一の妓楼だと評判ですがね。でも実のところは違法な賭博に手を染めたり、女を攫って働かせたり裏世界では仁義もねぇ悪徳商人の店だと評判です。賭け事で大儲けした商人が、帰りに殺されて発見されたり、妓女が折檻死させられたりしていると噂がありますが、鼻薬をきかせているのか、役人が動いたという話は聞きませんね」

「なるほど」

「李一家と月香閣が動いているっていうんなら、これはやはりただの縄張りの問題じゃねぇってことです」

　蒼君は扇子を開いた。

「たしかに麗京府の役人が取り締まりのために姿を現さなかったな。月香閣の主はかなりの分限者だと聞いているが、それほど力を持っているのか」

　尉遅力の口が重くなった。口をへの字にして目をそらす。知っているが言いたくないそぶりだ。

　小響がなつっこい顔になる。

「こちらの蒼君さまは富貴な御方です。住民が困らないように当分の米を用意してくださるとおっしゃっていました。医師の治療が必要な住民も多いはずなので治療費ももってくれるはずです」

　そうでしょう？　と小響が蒼君を期待の眼差しで見た。なんで俺がと一瞬、蒼君は思ったが、まさか口にはできない。

「出所を言わないでくれるなら、助けよう」

「ならばこちらもそうしましょう」

　尉遅力は部屋の奥に行くと引き出しから一枚の紙を取り出した。水に一度濡れたのか、滲んでいた。

「これは？」

　小響が尋ねた。

「麗河で見つかった死体がもっていた紙です」

濡れてよくわからなかったが判が押されている。虎の紋様のようだ。

「黒虎王とあだ名されているヤツの印です」

「黒虎王？」

「月香閣の真の主と言われているヤツですよ」

「…………」

小響と蒼君は互いの顔を見やった。

「月香閣で賭けに大勝ちしたヤツはたまに麗河に沈むという噂は、それほどガセではありませんよ。たいていは行方知れずになるだけですがね。一人、岸に上がった死体があったんですよ――そいつがもっていた紙です。財布の中に大事に入れてあったのがこれです」

「どうしてそれが黒虎王のものだと？」

「黒虎王に忠誠を誓った者の証しだと聞いたことがあるんですよ。月香閣の女将の体に同じ黥があるのを見た者もいるとか。黒虎王は金を配る時、この紙にくるんで配るらしく、もらったら最後、言いなりになるか、御陀仏か――そのどちらかって言うんだから正気じゃねぇっていうのが裏世界で囁かれている噂です」

蒼君は唸りそうになるのをようやく堪え、もう一つ尋ねた。

「この名簿がなにかわかるか」

尉遅力は手渡された紙を見るとすぐに言った。

「これはあそこの住人の名簿ですよ」

「間違いないか」

「最近作ったものでしょう。先月、移り住んで来た住人の名前もある。強制的に転居させるために作ったに違いありませんよ。こんな正確な名簿、戸部にだってないでしょうからね」

蒼君はもう一度、名簿を見る。尉遅力が言うことが確かであれば、この騒動に第一皇子は一枚噛(か)んでいる可能性が高い。

黒虎王が誰かは分からないが、かなりの資金力があると見た。あの坊を買い取るだけでも多額の金である。妓楼だけが資金源ではないはず。また、静徳寺の普請について知っている、あるいはあらかじめ場所を確保しようとするのはよほど誘致できる自信がなければできない。政治的に力があることを意味する。

「黒虎王って誰でしょう」

勘がいい小響ですら、考えあぐねているようだ。癖なのだろう、しきりに耳たぶに触れている。

「黒虎王に関わるのはよしたほうがいい。危険ですよ」

好奇心を起こした小響を咎(とが)めるように、尉遅力は低い声で言った。蒼君もそれに同意見だ。

「ではそろそろ失礼する。米は届けさせるから、民に配るように」

尉遅力は口では礼を言わず、ただ目を伏せた。

「行こう」

蒼君は小響を促し、むさ苦しい男たちがたむろする建物から外に出た。

ようやく呼吸ができると思ったが、裏通りはひどい臭いで、蒼君は小響を連れて息を止めた。二人は泥濘で衣の裾が汚れないように跳び越え、なんとか大通りまで出た。

「ふうっ」

大きく息を吸った蒼君がおかしかったのか、小響は腕を広げて一緒に深呼吸して見せた。

「お前は脳天気でいいな」

蒼君は首を小刻みに振って呆れたが、小響の大きく広げた手が止まった。

「あの、李功はどこですか」

言われなくてもいつも後ろを歩いている。

「後ろにいる」

「いませんけど？」

――いない？

「どこかにいるだろう？」

「いませんよ？」

小響は呑気に言い、蒼君は内心狼狽しているのを隠して目で忠実なる護衛を捜した。

しかし彼の影はなかった。他の部下の姿もない。馬車も通りから消えており、尉遅力のところに引き止められたかと思ったが、そうではないのがすぐに分かる。後ろにつけてくる者たちがいたのだった。四人、いや五人。姿勢が悪く、干し肉を嚙みながら使い古した剣を片手にしていた。

——撒かなければ……。

蒼君は小響の頭を大きな手で摑むと、それを自分の方へと向けて歩き出した。

「な、なんですか」

「振り向くな。つけられている」

「つ、つけられている？　誰に？」

小響は一瞬、震えたが、すぐに顎を上げて毅然とした声で言った。

「民を巻き込みたくありません」

「護身術の心得はあるか」

「多少なら」

「一か八かで逃げよう」

蒼君はすっと横道にそれ、小響も後に続く。わずかに振り返ると、追っ手もすぐに道を曲がった。心臓がばくばくというのは、小響にかすり傷でも負わせてはならないと思うからだ。

——追っ手は刺客ではない。李一家の者だ。そのうちの一人は、李功が蹴りを入れたあの男だ。怪我をしているはずだから、どうにかなる。いや、どうにかしなければ……小響を守らなければ――。

しかし運が悪い。

すぐに入り組んだ路地に迷い込み、行き止まりに当たってしまった。へらへらと笑いながらこちらに向かってくるならず者たちは、剣を抜いて足を止めた。

「オレたちを恨むんじゃねぇ、つまらないことに首を突っ込んだ、自分を恨むんだな」

剣が大きく振り上げられた。

「くそっ!」

蒼君はその腕を摑み、ねじ伏せるが、五人は一斉に飛びかかって来た。蒼君だけでは防ぎきれない――と思った瞬間だった。

軽やかに小響が袴を揺らして回し蹴りをし、相手の顎を打った。

ならず者の剣は高く天に飛び、落ちてくると同時に彼女は柄を右手で摑みながら、くるりと回ったかと思うと構えた。腰から吊された佩玉がぶつかり合う涼やかな音がし、彼女が「さあ、来い」とばかりに手招きした。

――なんだと!

護身術の心得が「多少」ある程度と言っていたのに、これではそこいらの武官よりよっぽどいい腕だ。

感心半分、呆れ半分。しかし蒼君には助かったという気持ちも少なからずはあった。

　小響は奪った剣で、急所を外して次々と襲い来るならず者を倒す。

　時にその腕を斜め下から上へと剣を投げるように、時に肩を狙って斬っていった。これを見ては蒼君も黙ってはいられない。

　男の一人の手首をねじ伏せて剣を奪うと、逃げようとする首根っこを摑んで背を斬った。

「いい感じです、蒼君さま」

　なぜか楽しそうな小響は、余裕で蒼君を励ます。

　喧嘩だけが強いならず者は力で押してくる。

　一方、基礎からしっかりと学んでいるとみえる小響は技術の上で数段優れており、相手の力を自分のものにし、軽々と避けたかと思うと、前のめりになった敵の腰を膝で押し、重心を崩した相手を通り過ぎざまに斬った。

　五人のならず者たちは無様に地面に転がった。

　結局、二人を小響が、三人を蒼君が片付けた。

「誰の差し金ですか」

　小響が切っ先をならず者の一人に突きつけた。

　誰の差し金かは大体見当がつく。民を追い出していた李一家だ。さきほど、痛めつけて話を聞き出したので、その報復、もしくは口封じに現れたに違いなかった。黒虎王のことなど知らなそうな小者ばかりだが、なにか手がかりがあるかもしれない。

「李一家の者か。月香閣の命令か」

「うるせぇ」

「月香閣の命令かと聞いている！」

小響の切っ先が、蒼君の声とともに男に近づいた。

「か、かんべんしてくれよ。おれらは命じられたことをしていただけだ」

「誰がなぜ命じたのか吐け！」

蒼君の剣も男に近づいた。しかし——男は握っていた手を開いたかと思うと、乾いた土を二人に投げつけた。白い土埃(つちぼこり)が舞い上がり、目に入った蒼君は思わず目を閉じてしまった。

小響も埃を吸い込み、咳(せ)き込む。

その隙にならず者たちは逃げてしまった。

「どうしますか、追いますか……」

埃を手で払いながら小響が聞いたが、もう蒼君はそんな気にはなれなかった。

「どうせ小者だ。なにも知らないだろう」

「そうですね……」

げほげほとむせながら、小響が同意する。

蒼君はその背をためらいながら撫(な)でてやった。あの男顔負けの戦いぶりを見たせいか、彼女が女だと知っても別段触れることを嫌だとは感じない。

――友はたくさんいるが誰ともこれほど親しくない。きっとこれが本当の友なのだろうな……。

蒼君は自分の心の変化をそう結論づけ、小響に手巾を貸した。

「ありがとうございます」

小響は言いたいことを言い、やりたいようにやる。遠慮というものが一切なく、蒼君も斟酌してやる必要がない。年も性別も違うが、互いに肩を張らずにいられるし、話もまずまず合った。

「蒼君さま」

蒼君が「友」について考えていると、小響が声をかけた。

「黒虎王とは一体なに者でしょうか」

「さあな」

「第一皇子が関与しているのは、想像に難くありません。もう一度、邸に忍び込みましょう」

「いや。既に警備は強化されているだろうから、忍び込むのは難しい」

「では、どうしますか」

蒼君は考える。

最大の手がかりは麗京一の妓楼――月香閣……。

「じゃ、蒼君さま。月香閣に行ってみましょう」

先にそれに気づいた小響が明るくいう。

しかし、蒼君から「ああ、そうだな」という言葉がすらりと出て来なかったのは、そこが妓楼だからだ。女がたくさんいて、白粉（おしろい）の臭いがし、酒を飲みに来た男たちと妓女が駆け引きをする場へ、女が苦手な蒼君は正直、行きたくない。そんな処に行くなら寺で写経でもしていた方がましだ。

「大丈夫です。僕も一緒に行きます」

――いやいやいや、それこそまずいのではないか。

結婚前の女を妓楼などに連れて行けない。

「小響、妓楼がどんな場所か知っているのか」

「もちろんです。綺麗（きれい）なお姉さんがいて、お酒を飲んで遊ぶところでしょう？」

「……やはり……李功をやろう」

――まったく……『遊ぶ』の意味がわかっていない……。

賢いが、小響は世間知らずで、蒼君は頭を抱えたくなる。しかし、当の本人はまったく蒼君の様子に気づくそぶりもなくあたりを見回した。

「そう言えば、蒼君さま。李功はどこに行ったんでしょうか……」

「そろそろ戻ってくるだろう」

案の定、そこに向こうから青い顔で必死になって走ってくる李功と部下が見えた。どうせ騙（だま）されたかなにかで、持ち場を離れてしまったにちがいない。

「そ、蒼君さま……も、申し訳ありません。その——小響さまが裏から攫われたと聞き、急いでお救いしようと——」

李功が膝をついて主である蒼君に詫びようとしたところに、小響が言葉を被せた。

「よかった、無事だったんですね。僕たちは今から月香閣に行くところなんです。付き合ってください」

——おいっ！

蒼君は怒鳴りたくなる。

——誰が行くと言ったんだ！

李功もその言葉に戸惑っている。当然だ。蒼君の女嫌いを誰よりも知っているのはこの男なのだから。

「月香閣に、でございますか……」

大丈夫だろうか……と暗に李功は蒼君を窺う。

すると微妙な空気を察したのかわからないが、小響が更に言った。

「もし、あれでしたら、僕一人で行って来ます」

「…………」

「心配しなくても大丈夫です。人から話を聞き出す話術に関しては訓練を受けていますから」

どんな訓練かは知らないが、若い小響が行ったらいい鴨だ。女たちは身ぐるみ剝いででもその懐の金を得ようとするだろう。そうなれば、彼女の秘密が明かされてしまう――。

「そうしよう」

「わかりました。なにかあったら僕に合図してください」

「俺も行く……」

小響は李功の方を向いた。

「李功さん、尉遅力さんに米と医者を用意すると約束してしまったんです。申し訳ないのですが、手配してくれませんか」

「かしこまりました……」

そして小響は足取り軽く、蒼君は足を引きずるように馬車の帳(とばり)を開き、李功は主(あるじ)を案じて胃薬を部下に買いに行かせた。

――なんていう日だ……。

蒼君は、前を行く小響を呪いながら妓楼を目指した。


時は夜の始め、初更。

妓楼、月香閣は皇宮の東、建院街(けんいんがい)の南にある。ここはさきほどまでいた皇宮の西側と違って比較的金持ちの集まる小ぎれいな繁華街だ。賑(にぎ)やかで人の行き来も多い。

花売りや、妓女への土産を売る小物屋が、これからが稼ぎ時だとばかりに声を張り上げて客を呼ぶ。

月香閣はそんな場所の一等地にある。

馬車は静かに店の前に止まった。もう薄暗いが、灯(あか)りは惜しみなく門前を照らして明るい。

店の前にはずらりと二十人ばかりの妓女が並び、客引きをしていた。だれもかれも同じ化粧をしているので、蒼君にはそれが若いのか年かさなのかさえ分からなかった。

通りは、鼻の下を伸ばして妓女を見ようとしている者、常連らしく女将(おかみ)に案内されている者、ただの冷やかしなどで賑わっている。

馬車も馬もひっきりなしに店の前に停まって客が尽きることはない。

「降りないのですか」

馬車の席から微動だにしない蒼君に小響が不審そうな顔をした。

「むろん、降りるにきまっている」

ぶっきらぼうに蒼君は答えた。

小響は軽やかに、トントンと馬車の踏み台を下りて行き、純粋な視線で蒼君を見上げ、手を差し伸べる。

蒼君はその手を無視して台を下りた。別に、彼女を嫌な気持ちにさせたかったわけではない。ただ、妓楼へ向かうという緊張感を小響に知られたくなかっただけだ。

小響はただ苦笑した。

「いらっしゃいませ」

女将が蒼君の衣服から上客だとかぎ分け、にじり寄って来た。

強い白粉の臭いと派手な紅、頭は、髢を使ってこれでもかというほど高く結い、「わたくし、昔は天下の名芸妓といわれたんでございますよ？　現役はもう退きましたが、お望みであれば、お相手も——」と言う目でこちらを見る。女将の体のどこかにあるという鯨のことは気になるが、蒼君は、衣を剥ぐ気にはとてもなれなかった。

ごほんごほんと後ろから咳払いがした。李功だ。

「女将、個室を一つと、妓女を三人用意してくれ」

「かしこまりました。お泊まりでございますか」

「いや……舞などを見たい。社会勉強で来ただけだ。若い娘で話がうまい子にしてくれ」

女将が小響を見た。

——なるほど。李功は上手いことを考えた。家族が少年を社会勉強のために妓楼に連れて来た。まだ泊まるには早いが、おしゃべりな若い娘を相手に酒を飲ませてくれないか。そういうことだ。

納得した蒼君は扇子の向こうから女将に頷いて見せる。多少、小響は不満げだが、仕方ない。それが自然な顔ぶれだ。

「こちらへどうぞ」

案内されたのは、最上階の三階ではなく二階の隅の部屋だった。

小響が拗(す)ねたように女将に言った。

「一番、いい部屋ではないんですか。お金ならいくらでも出します」

女将は「ほほほ」と笑いながら手巾(しゅきん)を振った。

「今夜、三階は貸し切りですの。二階で我慢してくださいませ」

「金はあるのに？」

「もう貸してしまっているのですよ、お坊ちゃま」

女将は垢抜(あかぬ)けているわりに微(かす)かに訛(なま)りのある口調で言う。北の出だろうか。

「やんなっちゃうな」

口を尖(とが)らす小響だが、本当の姿は金にものを言わせるお坊ちゃまではないし、こんな物言いをする性格でもない。わざと、そのように演じて相手の気を緩ませ、上手い具合に三階が貸し切りで金があっても譲らせることができないのだと女将から聞き出した。

「どうぞ、この部屋でございます。すぐに娘たちは参ります。先に飲んでお待ちください」

通されたのは、桃色の洪水のような部屋だった。とにかく全てが桃色だ。帳も桃色、壁も桃色、置物も桃色。甘ったるい薫りもしている。かろうじて卓と椅子が黒漆なのが救いだった。蒼君は李功が買って来させた胃薬を通常の倍の量飲む。

「趣味が悪すぎだろう……」

蒼君が呟(つぶや)くと、李功が答えた。

「どこもこんなものです」

それは「私は妓楼によく行く」と告白しているようなものだが、追及はしまい。

「可愛いですね！」

なのに、小響だけは違う感想を抱いたようだ。蝶（ちょう）の形の燭台（しょくだい）やら、窓につけられた飾り紐（ひも）などを見て回る。

「お待たせいたしました」

そこへ、妓女が三名やって来た。小響と同じくらい、十六くらいから二十くらいか。いや、化粧をしているので、もっと幼いかもしれないし、もっと年かさかもしれなかった。とにかく、蒼君にはどれも同じに見えたし、興味も湧かなかった。

「ささ、お酌を」

一番、年かさ（と思われる）女が、蒼君についた。酌を断りたいのを我慢して、蒼君は一杯もらう。

李功が言った。

「今日の主役はこちらの若さまなのだ。お誕生日だから、そちらについてくれないか」

李功は主の女嫌いを知っているので、妓女を上手く小響の方に追いやったが、蒼君には蒼君の隠さなければならない秘密がある。小響は女なのだ。男を知り尽くした妓楼の女がそれを嗅（か）ぎつけないとは思えない。ぐっと我慢して、女の袖（そで）を蒼君は取った。

「よい。ここにいろ」

妓女は目を少し広げ、難しそうな客に愛想笑いをした。

対して小響の方についた二人の妓女はきゃっきゃっきゃと楽しげだ。小響は話術が巧みで、人の心を引き寄せる術を知っていた。気のいいだけに見せて、相手を褒め、聞きたいことを引き出す。

――あれはなにかしらたたき込まれて、技術を持って話しているのだろうな。今日はやけにご機嫌だ。

普段はもっと自然に拗ねたり、不機嫌になったり、皓歯をちらりと見せる笑みをしたりする。それは吸い込まれるような表情で……見ていて飽きないとても魅力的な――。

――なにを俺は考えているんだ！

蒼君は慌てて現実に戻ったが、小響は彼の葛藤など知らずに妓女の手を愛おしそうに取っていた。

「僕はてっきり、一番いい部屋で何十人もの妓女にかしずかれて酒を注いでもらえると思っていたよ」

「まぁ、若さま。お誕生日なのに残念でしたね。特別なお客様がお見えなのです」

「偉い人？」

「そりゃ。でも若さまよりも美男ではありませんわ」

小響はにこりとし、

「君ほど綺麗な子は見たことない」などと耳元で囁く。まったく呆れかえる。言われたろう。

妓女は気をよくしたようだ。小響が金の粒を女の衿もとに差し込んだのも理由の一つだろう。

「まぁ、若さまったら……本当に妓楼は初めてなんですか。女の気持ちをわかりすぎていらっしゃる」

女は「惚れた」目を小響に向ける。年寄りから金をもらうより、自分と年の近い若者からもらう方が、同じ金でも妓女としても嬉しいだろう。しかも、小響は口から生まれたかのように話が上手いのだから余計にだ。

「君の名前は？」

「あたしの名前は——」

小響が目をつけた娘は他の二人より明らかに思慮が足りなそうで、酔ってなんでも話してくれそうだった。

「お前も一杯どうだ？」

意図に気づいた李功がもう一人の妓女に酒を注ぎ、自分に付き添わせた。

蒼君についた妓女は一生懸命、天気の話から街の噂話まで話題を探してふったが、ずっと目で小響を追うのに忙しい蒼君は、それどころではなかった。

「若さまも、もう一杯いかがですぅ？」

酔った女が小響にもたれかかると、蒼君はその語尾の甘ったるさに嫌悪感を抱く。

——そんなに接近したら、女とばれるだろ。

蒼君は卓の下で小響の足を蹴ってやりたくなったが、すんでのところで我慢する。女だと知っているのは自分だけ。気をつけなければならない。

——あの胸の開きはどうなんだ。恥ずかしげもなく、よくいられる。

妓女の胸が小響の前で揺れ、蒼君はいらいらと酒を飲んだ。

それなのに、こちらの気がかりなど知りもせずに小響は女の背に腕を回しながら、蒼君ににこりと笑みを返した。その笑みが、妓女のものとは比べようもなく清らかで、瞳に自分が映った気がした蒼君は、音を立てて杯を卓に置いた。

——これ以上、ここにはいられない。心配で小響から目を離せない。

「所用に行って来る」

李功がつきそおうとしたが、蒼君は手で制す。自分よりよっぽど小響の方が危うい。かなりの早さで酒を飲んでいる。

蒼君は空気を求めて部屋を出た。

しかし、どこも同じだった。

階下から木琴や四弦琴、笛、笙、太鼓などの音がしたので、蒼君が見下ろせば、踊り子が腰を振る淫らな異国の舞を披露していた。酒を片手に男たちが、しなだれる妓女に腕を回し、それを欄干で見物しており、また客を取った後だと思われる妓女がしどけない髪で横を通り過ぎれば、蒼君は一刻も早くここから逃げ出し——いや、帰りたいと思った。

「なんでこんなところに俺はいないといけないんだ……」

蒼君は、第一皇子の書斎で謎の名簿を見つけたばかりに妓楼などに来るはめになった自分を呪う。

――ここと後宮とどう違うんだ。

後宮の女たちは上品で清楚な美人が多い。妓楼では化粧ばかりが映える派手な女が人気のようだ。その雰囲気は真逆とはいえ、後宮で女の本性というものを嫌というほど知った蒼君には着飾り方が違うだけで同じに見えた。

――母上は女たちの嫉妬で死んだ……。

小さい頃は、「まぁ、第七皇子はお可愛いこと」などと褒めつつ、首の根っこをこっそりつねったりする妃嬪もいたし、毒を盛られそうになったのも一度や二度ではない。十二人いる兄弟のうち、生きているのがその半数だというのは、不思議な数ではなかった。

「我慢するのですよ」

母はいつもそう言って、女たちからの陰湿ないじめを耐えていた。あからさまな無視、言いがかり、大事なものの紛失、礼儀を知らないと理不尽に罰を受け、それでもやはり、「我慢するのです」

と言って笑みを絶やさなかった。

女たちは美しい微笑みの裏に欲と嫉妬を隠し、寵愛という権力を得ようと必死だった。

母の突然の「病死」も後宮ではそれほど奇怪な出来事ではなく日常の一部だった。何者かによる事件であったことは明らかなのに、なんの調査も行われず、泣く蒼君を慰める妃嬪たちは、一人競争相手が消えたことを内心喜んでいながら、偽りの涙を流して別れを惜しんだ。

蒼君は、それに怒りを通り越した失望を感じ、やがて拒絶と嫌悪の感情を後宮と女たちに抱くようになったまま、いつしか大人になった。

——早く引き上げよう……。

思い出したくない過去に、蒼君は暗闇に紛れ込んでしまったような気分になる。しかし、その横をにこにこ顔の妓女が通り過ぎた。手のひらに金がある。それを包んでいたのは——。

——黒虎王の印だ……。

ちらりとしか見えなかった。だが、紙には確かに印が押されていた。

——もしかしたら、ここに今、黒虎王がいるのかもしれない……。

蒼君は上を見回し、三階に厳重な警備の部屋があるのを見つけると、柱の後ろに隠れた。

蒼君は李功を呼ぼうかと悩んだが、そんなことをすれば、何ごとかと妓女たちに思われるかもしれない。戸の向こうから、場が盛り上がっているざわめきが聞こえてきた。蒼君がいなくなって、小響と李功はたがが外れたようだ。

「しかたない。俺が一人で行くか……」

蒼君は隣の部屋が空いているのに気づくと、滑り込むように中に入った。そして月明かりを頼りに窓に近づき、そっと開けて外に出る。

――勘が当たればいいが……。

蒼君は屋根に出るとあたりを見回した。隣の建物はぴたりと妓楼と接して建っており、あちらの屋根とこちらの屋根は重なるように交互にあった。これなら飛び移れないことはなかった。

蒼君は瓦(かわら)を蹴って、まず隣の建物に移り、また飛び戻って妓楼の三階に着地をした。例の警備の厳しい部屋の窓の側ににじり寄れば、灯(あか)りがともっていた。

――ここか……。

中は意外と静かだった。上座に仮面をし、毛皮のついた黒い披風(マント)を厚く着込んだ男がおり、その前で紙を回しながら名前らしきものを二十人ほどが順番に書き込んでいた。

――あっ。

壁側に立っている護衛と思われる男に見覚えがあった。梁院橋で蒼君たちを襲って逃げてしまった刺客だ。顔に傷があるので見間違えることはない。

――間違いない。あの男だ。

蒼君はさらにあたりを見回した。

そこには皇后の派閥にも蔡貴妃の派閥にも属さない、重臣たちが顔を連ねていた。六部や麗京府の長官から、果ては宦官まで二十人ほどがいた。名前を書いている紙は、おそらく連判状。名前の下には血判が押されている。ならば、仮面をしている人物こそ、黒虎王に他ならないだろう。

最後の者が名前を連ねると、仮面の男はふっと息を吹きかけてから乾いた巻物を左袖に入れた。

「これより先、裏切りは許されない。六品以上には一千貫、四品以上には一千五百貫を渡すものとする。またそれ以下の者には働きによって決める。よいな」

代表して、兵部の長官が、厳かに皆に言い渡せば、全員が頭を下げた。

「承知いたしました、忠誠をお誓いいたします、黒虎王さま」

兵部の長官はさらに続ける。

「なんとしても第一皇子さまを帝位に就けるのだ。そのために我らは力を合わせるように。裏切りは一切許さない」

「御意」

「散会せよ。家族にも今夜のことは漏らすな、よいな」

「はっ」

そして部屋にいた者たちは誰も顔を合わせずに静かに起立する。蒼君は慌てて姿を隠した。パタンと戸が閉まる音がする。黒虎王が部屋を出て行き、灯りが部屋から消えた。

全員が部屋を出ていったのを確認すると、蒼君の手が震えた。

——なんという場面に出くわしたんだ。重臣たちが、裏世界の王に忠誠を誓っていた。これは謀叛だ……やはり、道で刺客を見かけた時、第一皇子がいたのは偶然ではなかったんだ……。

蒼君を襲った刺客と第一皇子が繋がった。

仮面の男、黒虎王がもし第一皇子、趙資ならば——大事だった。

——なんとしてもあの巻物を奪わなければ……。もし、あの連判状を奪えれば、立派な証拠になり得る……。

蒼君は窓からそっと中に入り、残された硯と筆を見つめると、すぐに仮面の男を追いかけた。

部屋から出れば、重臣たちはちりぢりに妓女の待つ部屋に入ってしまい、黒虎王だけが階段をゆっくりと下って行く。男が歩いたその後に強い伽羅の香りが漂って、高貴な人であることがわかったが、体が披風に覆われているので、どういう体つきなのかがわからない。

——この伽羅……どこかで……。

嗅覚の刺激に蒼君の記憶が呼び戻されかけた。しかし、どうしてもはっきりしない。

蒼君は眉を顰めたが、すぐに現実に戻る。階段の踊り場に李功の姿を見つけたからだ。

——李功！

李功の横には妓女を片腕に抱き、遊び呆ける御曹司を演じている小響もいた。

——その仮面の男の巻物を奪うんだ！

蒼君は目配せをする。蒼君は左袖を振って見せ手で巻物の形をつくり、取り出す仕草をする。これで「懐の巻物を盗め」という意味に通じる——はずだ。

小響が「ああ」という理解した顔をした。

——巻物を奪ったら走って逃げる……それしかない。妓楼の外には俺の配下がいる。なんとかなる——いや、なんとかしなければ……。

ゆっくりと小響は仮面の男に近づいた。階下では怪しげな異国の踊りが披露されており、見物人が階段に多数いた。小響が近づく機会は大いにあった。

「あっ」

酔ったふりをして小響が仮面の男にぶつかり詫びた。

「も、申し訳ありません」

護衛が小響を突き飛ばして、黒虎王から距離を置いた。小響は顔を伏せたまま、何食わぬ顔で部屋の方へ戻っていく。一瞬少し唇の端を上げた。成功だ。蒼君は慌てて駆け寄った。

「首尾は？」

「もちろん、問題ありません」

斜め下から見上げる目は得意げだ。憎らしいほど愛らしかった。

「緊張を緩めるな」

　廊下を酔った六人ほどが通り過ぎ、後ろからも十人ほどがやってくる。人に紛れて、二人は空き部屋に入り込む。灯りはなく、珠簾が音を立てないようにそっと奥に身を潜めることができた。それと同時に部屋の外で騒ぎが起こった。巻物が盗まれたのが黒虎王の護衛たちにバレたのだ。

「翡翠の置物が盗まれた！　捜せ！」

　一味は、そう繕って犯人捜しを始めた。

　小響は左右を見、衣橱の扉を開けて中に入り込む。

「蒼君さま、早く！」

「あ……」

　その衣橱に二人の男——いや、一人の男と一人の女が入るには狭すぎる。布団や妓女の衣が掛かっているから尚更だ。

「早く、蒼君さま！」

　しかし、迷っている暇はなかった。

　蒼君は心を決めると、小響が中にいる衣橱の中に入った。真っ暗な四角い空間で二人は体を重ね合わせて息を潜める。心臓が高鳴り、窒息してしまいそうなほどで蒼君はきゅっと口をつぐんだ。

「しっ」

　小響が人差し指を口元にやる。

戸から漏れ入る月明かりが、その唇を照らし、蒼君はドキリとした。それをなんとか堪えれば、騒がしい声が部屋の外からするのが聞こえた。

「どこだ、捜せ、背の低い身なりのいい男だ」

どうやら、次々と二階の戸が開けられているようだ。「きゃぁ」という女たちの声がした。

「どこにもいません」

「もっとよく捜せ！」

「はい」

「寝台の下まで見るのだ。いいな！」

「はっ」

部屋の外でそう命じる低い声がした。そして扉が乱暴に開けられ、衣橱の隙間から灯りが見えた。黒虎王の護衛三人が入ってきて、うち一人はあの顔に傷のある男だった。蒼君は、小響と目が合うと、彼女の瞳に不安を見つけ、抱きしめたくなる。「大丈夫だ。俺がいる」と言葉にしたいくらいに。

しかし、ゆっくりと床が軋む音が近づいてくる。男たちのうちの一人が寝台の下を灯りで照らし、次に衣橱を振り返り見た。手が取っ手に伸びて摑む。

ゆっくりと蒼君は扇子を懐から出した。この扇子は小刀が仕込まれた特別な品だ。一瞬の隙をつくって小響を窓から逃がすくらいの時間を作ることはできる。蒼君は唇に人差し指を当てて、扉が開かれるのに備えた――。

しかし、その時だった。表で騒ぎが起こった。

「尉遅力のヤツがかちこみやがった！」

そんな大きな声がした。

声の主は李一家の用心棒に違いない。乱闘とともに皿の割れる音がし、女たちが甲高い叫び声を上げた。家具が引きずられる音、剣が叩き付けられる金属音。男たちの怒声が聞こえる。

部屋にいた黒虎王の護衛三人は衣橱から離れて、部屋を出ていった。

「助かった……李功の手の者が、尉遅力を呼んだのだろう」

「おかげで助かりました」

蒼君は鼓動を抑えながら、先に衣橱から出、一度迷ってから小響に手を貸した。

「どうしますか」

「とりあえず、部屋の外に出てみよう」

そっと戸を開けて高欄から覗き見れば、吹き抜けの一階で大暴れしている尉遅力がいた。手下どもも包帯を巻いた体で戦っており、蹴りを入れるわ、ものは壊すわの派手な騒ぎをしている。

人々の注目はそちらの方に向いているとはいえ、階段を下りて一階から出られる雰囲気ではない。

「窓から出るほかないな」

「そうですね」

「飛び降りられるか」

「二階です。なんとかなるでしょう」

二人は忍び足で窓から出て瓦を踏む。すると、小さな声が聞こえた。

「お兄ちゃん」

梁院橋で助けた少年の声だ。

「こっから下りなよ」

そこには袋が積まれた荷車があった。蒼君はまず小響を下ろし、自分は軽やかに飛び降りた。

「助かった」

「無謀だよ、月香閣に乗り込むなんて」

蒼君は少年に言った。

「尉遅力に礼を言っておいてくれ」

蒼君は、尉遅力の男気に感謝した。怪我をしている手下が多いだろうに無理して助けに来てくれた。少年はそれなのに、「なんてことないさ」という顔をする。尉遅力一家には当たり前のことなのかもしれない。

――義には義で返す。尉遅力は、ならず者というよりは義賊と呼んだ方がしっくりりする男のようだな。

「思っていたよりたくさん米をもらった。礼はそれでいいって。それと兄貴はすぐに撤退するって言っていたから早く逃げなよ」

「あ、そうだな。行こう、小響！」

「は、はい！」

二人は闇夜を走った。

頭の回転も運動能力も優れている小響だが、さすがに足は歩幅が大きい蒼君の方が速い。蒼君は何度も振り返り、小響の様子を見ながら走った。二人の衣擦れの音がし、袍の裾が揺れた。

ようやく李功と合流できたのは、三更（午後十一時頃）の鐘が鳴ったずっと後のこと。

「蒼君さま……ご無事でなによりです……」

「尉遅力を呼んでくれて助かった」

「麗京府はあちらの手の内にあります。他に方法がなく、助けを頼みました」

すぐに馬車も現れた。これで都の外れにある蒼君の隠れ家まで疲れている小響を歩かせずにすむ。蒼君はほっとした。

馬車に乗り込めば、小響が慣れた手つきで火折子を取り出し、ふっと息を吹いて火を蠟燭に移した。そして盗んだ巻物を広げる。

「これは――」

横に並んで覗き込んだ蒼君は驚愕で言葉を失った。書かれていたのは先ほどの二十人だけではない。百人ほどの名前が書き記されていたのだ。

しかもそこにあったのは重臣たちの名前だけではなく、皇帝の側近たる宦官や宮人の名前まであるところを見ると、皇帝の内意が漏れていたのは確実だ。

「見ろ、第一皇子の名前がある……協力者には『六品以上には一千貫、四品以上には一千五百貫を渡すものとする。またそれ以下の者には働きによって決める』と言っていた」

「なんてこと！　詳しく数えてみないとわからないですが、ざっと見ても四品以上は八人、六品以上は十五人以上います。簡単に計算してもその二十三人だけで……ええっと、ええっと……二万七千貫です！　兵士の年俸五百四十人分です」

「計算が速いな……」

蒼君はその勢いに圧倒された。

「銭勘定は得意なんです。それより、ご存じですか、昨年の銭の鋳造量を？」

「は？」

「三十万貫です。その一割弱ほどの金額が報酬として使われるんですよ！　これは大事件です！」

蒼君は小響の説明で事の重大さを改めて認識した。すると、急に手に汗が湧き、もう一度、巻物を見る。巻物の一番初めに第一皇子の名が『趙資』と確かに書いてあった。首謀者であることを示している。中には皇后派、蔡貴妃派と思われていた人物の名まである。

小響が名前の左隅を指差した。

「見てください。皇后さま付きの宦官と蔡貴妃付きの女官の名前があります……二人は、第一皇子の指示で動いていたのでしょう。明日、皇太后さまに報告します」

「これで鳳凰の簪の一件は、晋徳妃が犯人で決まりだな。晋徳妃が、皇后と蔡貴妃の二人を競わせ漁夫の利を得るためにやったことに違いない。これで話が繋がる。皇太子の座を得るために息子と共謀したんだ」

「ただ……晋徳妃の名前が連判状にないのが、いささか気にはなりますね」

蒼君は小響の言葉に頷き、連判状について皇帝に先に奏上したいと思ったが、寺の普請に関しては、皇太后の意向によって進められている計画である。まず、そちらに報告するのが筋だった。

「では、蒼君さま、僕はこれで」

「ああ、待て。この馬車に乗って行け」

「でも……」

「俺の邸はこの近くだ。気にするな」

「僕の家がどこか詮索しないでいただけますか」

「もちろんだ。俺にはどうでもいいことだしな」

わざとそんな風に冷たく言うと、小響は頷いた。しかし、心の底では彼女の本当の名前を蒼君は知りたかった。喉まで出かかった言葉を呑み込むのは、秘密がバレていると知られれば、こんな風に二人きりで会うことはなくなってしまうからだ。

「小響を送って行くように」

御者と李功の部下にも、小響のあとをつけたりせず、降りたいという場所で馬車を止めるように命じる。

「ありがとうございます。御用がありましたら、酒楼の旗の色を変えてください」

「わかった」

蒼君はそこで小響と別れ、夜の道で独りごちる。

「重臣の多数が兄上に加担している？　皇位につける……これは謀叛だ……」

宮人の事件を追ううちに、まさかこんなことに巻き込まれるとは思わなかった。皇太后はどんな風にこの事件を片付けるのだろうか――。

第四章　謀叛の宴

「さあってと！　女の見せ所ね！」

朝の目覚めと共に芙蓉は身支度を調えた。男装ではなく、久しぶりの女性としての正装だ。細袖（そで）の短衫（トップス）に錦（にしき）の馬面裙（プリーツスカート）を穿（は）き、髪を耳の上でお団子にして、皇太后より下賜された梅の簪を挿す。

街で男装していたのを誰に見られていたかわからない。しらばっくれるために、大量の白粉（おしろい）を顔につけ、眉（まゆ）をいつもより細く描き、紅をさして化粧を濃くする。女はいい。化粧をすれば化けられる。蓮蓮の腕が鳴った。

——でも、これじゃ、どっちが変装でどっちが本当かわかんない……。

銅鏡の中を覗（のぞ）きながらぼやいた芙蓉は、支度がすむとすぐに皇宮の慶寿殿へと急いだ。

——もうお目通りできる時間かな……。

皇太后から目通りが許されるのは、たいてい日が高く昇ってからだ。しかし、どうやら、先客がいるらしかった。声は秘（ひそ）やかで聞こえず、お付きの者たちは部屋の外に出されていた。

「あの、皇太后さまにお目通りしたいのですが——」

「芙蓉さま、今は陛下付きの宦官が来ております。しばしお待ちください」

劉公がこっそりと教えてくれ、芙蓉は納得した。

——一体、二人は中でなんの話をしているんだろう。秘密裏に手紙をやりとりしているのに、使者を寄こすとは珍しくない？

「失礼いたします」

宦官の甲高い声とともに高位の宦官らしい人物が部屋から出てきたかと思うと、足早に去って行った。

「なにがあったんだろう……」

皇帝の宦官が去っても、しばらく皇太后から芙蓉にお呼びはなかった。

巻物を袖に隠しているので、芙蓉はそわそわとしてしまう。「入れ」という声が中からしたときは心底ほっとした。ほんのわずかな時なのに、半時も待たされた気分で芙蓉は敷居を跨ぎ、皇太后の姿を目にすると礼も忘れて駆け寄った。

「皇太后さま！」

礼儀作法をみっちりと学んだばかりなのに、この無作法だ。皇太后は眉を寄せ、おそば付きの者たちを下がらせ睨んだ。

「まったく、なんと無礼なことか、芙蓉。大姪でなければ、打ち首にしてくれるぞ」

「それどころではないんです、皇太后さま！」

芙蓉は忍ばせていた巻物を取り出し渡した。

金の冠を被る皇太后は、皇宮の礼にかなったまどろっこしい優雅な手つきでおもむろにそれを手に取った。

「開けてみてください」

皇太后は自分の横の席を叩いて芙蓉に座るように促した。

芙蓉はとても座っている気分ではなかったので、巻物の紐をなかなか解けない皇太后の代わりに解いて渡す。

「これは？」

「連判状です」

「連判状？　なんの連判状じゃ？」

「見てください」

芙蓉は巻物を開いた。そこには重臣たちの名前が連なっている。皇太后の顔がみるみる青くなった。

「六部の長官から地方官吏の名まである……。それに――この薛とは皇后付きの宦官のことではないか？　こちらの葉という女の名前にも覚えがある。蔡貴妃のところの女官ではないか」

芙蓉はさらに長い巻物を広げ、一人の名前を指差した。

「驚くべきはここです、皇太后さま」

皇太后はその名を口にするのも憚るように「趙資」と書かれた文字に指で触れた。

「巻物の先頭に署名がされています。第一皇子が首謀者の証しです」

「…………」

皇太后はただ黙って芙蓉を見た。彼女はさらに続けた。

「黒虎王と呼ばれる者が作った連判状です。蒼君さまが『第一皇子を帝位に就ける』ためのものだと聞いたそうです」

一人一人、筆跡が違う。調べれば、誰が書いたものか判別するのはたやすい。たとえなんの為にしろ、臣下が徒党を組むことは禁じられている。謀叛だと断じられても異議は言えない大罪だ。

「その黒虎王とは何者だ？」

「静徳寺の予定地となりそうな場所の買い占めを行っている人物です。住人を強制的に転居させていてひどいありさまなんです」

「一体――」

「追い出されそうになっていた住人の名簿を第一皇子の邸で発見しました。なにかしら、第一皇子が関わっているのは確かです」

皇太后の顔は窓からの光のせいでいっそう青く見えた。

「しかし――静徳寺は、予定地どころか、建設するかもまだ決まっていない」

「それでも先に土地を確保しておけば、暴利を得ることができるのではありませんか？」

「確かに……」

「第一皇子が関わっています。これは確実に皇嗣争いの一環です」

「芙蓉！」

　皇太后が小声で咎（とが）めたので、なぜかわからず、芙蓉は小首を傾げた。

「なにかいけないことを言いましたか。これは事実です」

「皇嗣を決めるのは陛下だ。争い事があるなどめったなことを言うではない」

　罰せられるぞと皇太后が暗に言う。芙蓉は黙り、大叔母（おおおば）の胸に巻物を押しつけた。

「せめて、この連判状は皇太后さまがお持ちください。わたしが持っていていいものではありません」

「その通りじゃ」

　皇太后は傍らの卓の上に置いた。

「先ほど、皇帝陛下の使者が参ったが、やんわりと表のことに口出ししないで欲しいと言ってきた。蒼君が街で襲われた件もあちらで調べることになった」

「それは、なにか謀（はかりごと）が進められているのを知っていても、ですか？」

「調査はさせる。だが、そなたがすることではない。そんなことを調べるように命じた覚えはない」

　芙蓉は食い下がった。

「では、宮人殺害事件はどうですか」

「うむ？」

「あれはわたしが担当した事件だったと思います。この連判状の中に、皇后付きの宦官と、蔡貴妃付きの女官の名前があります。二人は主を裏切り、別の人間の指図に従っていた可能性があります。話をさせてもらえませんか」

　寺の普請のための地上げにしろ、第一皇子のたくらみにしろ、確かに芙蓉とは関わりのない事件だ。蒼君との文のやりとりは、そもそも宮人殺害事件についての調査のためだった。

「確かに、筋は通っている。後宮で起きた事件はわたくしの管轄なのだからな」

「その通りです、皇太后さま」

「劉公公」

　皇后は信頼する右腕、劉公公を呼んだ。

「わたくしから下賜品があると言って、皇后付きの薛宦官と蔡貴妃付きの葉女官に取りに来るようにいいつけよ」

「かしこまりました」

　劉公公は理由を聞かずに、部屋を去る。

　――さあ、どうなるか……。

　ほどなくして呼び出された二人が現れた。なにも知らずに劉公公の前に並び、てっきり下賜品を持ちかえるだけとばかり思っていたようだが、皇太后の前に連れてこられるとそれだけではないことに気がついたようだ。

「ここに呼び出した理由はわかっておろうな」

「…………」

「白状すれば、家族の命は助けてやろう。が、そうでなければ、一族皆殺しだ」

「ひっ」

と女官が体を揺らして平伏した。宦官も慌てて額ずき震える。皇太后は脅しは言わない。事実のみを述べる人である。恐れるのは当然だった。

「どちらが先に口を開くのか楽しみだ――」

劉公は若い宦官を連れてきた。手には笞があり、縛り付ける手枷と足枷もあった。

「この慶寿殿が血に汚れていないと思うでないぞ」

皇太后はただの人のいい優しい国の祖母ではない。芙蓉は自分がいつも慕っている大叔母が空恐ろしくなった。

「始めよ」

若い宦官は、パチンと笞で高い音を一鳴らしさせてから二人に近づく。

「パチン」

笞が、うずくまる葉女官の背に強かに入った。悲鳴とともにピクンと体が跳ね返る。

薛宦官はあたかも自分が打たれたかのようにさらに震えた。

「一、二、三」

どんどんと笞は容赦なく女官の背から尻に打たれ、数を数えられる。

しかし、それも長くは続かなかった。十も数えぬうちに、女官は体を伏せたまま皇太后の足元の方へとにじりよったからだ。

「皇太后さま……お、お話しします」

「なんだ」

「お、お話しいたします。すべてお話しします。ですからお願いです。命だけはお助けください」

「それは話の内容による」

女官は後ろを振り返り、震えている薛宦官を指差した。

「蔡貴妃さまの宮人、関菊花を殺したのはこの者です」

「……それは皇后の簪をしていた宮人のことか」

「さようでございます、皇太后さま……」

皇太后は口をへの字にしてつぐんだ。薛宦官は皇后付きの宦官である。なぜ蔡貴妃の宮人を殺したのか。しかも、鳳凰の簪まで挿して――。

「はじめから話してみよ。命が惜しければな」

葉女官はその言葉を聞いて皇太后の慈悲にすがろうと床に額ずいた。

「すべては皇后さまの暗殺に薛宦官が失敗したことから始まりました」

「おい！」

黙るように薛宦官が葉女官に強い語気で言ったが、生きるか死ぬかで必死の人の耳には届かなかった。少しでも皇太后の心証をよくしておかなければならない。

「蔡貴妃さまの仕業に見せかけ、皇后さまを毒殺しようとしていた薛宦官は、失敗したため、皇后さまの居所より鳳凰の簪を盗み出しました。もちろん、蔡貴妃さまの仕業に見せかけるためです。しかし、それを貴妃さまの居所に置く前に関菊花に見られてしまったのです……それで薛宦官が口封じに首を絞めて殺したのです」

「嘘だ！　嘘をつくな！」

薛宦官は喚き散らして狼狽を露わにした。

「嘘ではありません、皇太后さま。すべて真実です。すべて薛宦官がしたことです。目的は皇后さまを暗殺することではなく、蔡貴妃さまを陥れることでした」

薛宦官は開き直ったように叫んだ。

「お前とてまだ息がある関菊花を木に吊すのを手伝ったではないか！」

「そ、それは……薛宦官に命じられたのです。そうしなければ、私のことも殺すと言って――」

そして二人で言った言わない、やったやらないで言い争いとなり、罪のなすり合いが始まった。それを少しの間眺めた皇太后は、一度だけ肘掛けを叩いた。二人は黙ってうずくまった。

「そなたが、貴妃の部屋に鳳凰の簪を隠す役割だったわけだな？」

「は、はい……そうです。殺人などするつもりは毛頭ございませんでした」

「それでは、なにゆえ髪に鳳凰の簪を挿したのだ？」

皇太后が落ち着いて尋ねる。

「それは――思ったより殺害に時間がかかり、貴妃さまはその時には既にご就寝になっておられました。部屋に入れなくなり、鳳凰の簪を部屋に隠せなくなりました。次の日の朝では、皇后さまに気づかれて大騒ぎになっている可能性がありましたので、それより前に隠す必要があり……持って帰るわけにもいかず……簪を関菊花の髪に挿して逃げることにしました」

つまり――まず、薛宦官は皇后暗殺を試みるも失敗。計画その二として、鳳凰の簪を皇后の居所より盗み、貴妃の部屋に隠そうとしたが、関菊花に見つかったため殺害。自殺工作に手間取り、しかたなく簪を関菊花の髪に挿して騒ぎを起こし、事件を攪乱した――そういうことだろうか。

「計画がずさんなようだが、一貫していることがある。そなたたちは、後宮で騒ぎを起こそうとしていたのだな？　それが目的だった。違うか」

皇太后が念を押すように言った。

「どうも話を聞いていると、事件の黒幕は皇后でも蔡貴妃でもないことになる。誰が黒幕か――」

「…………」

二人の共犯者は口をつぐんだ。皇太后はゆっくりと肘掛けに腕をもたせかけた。

「そなたらは、主に忠義を立てているのか、あるいは恐れているのか知らぬが、わたくしが茶ばかり飲んでいる老女だと思われては困る。しかし、たとえ同じ死罪でも毒死と車裂きの刑とどちらがいいかくらいは選ばせてやろう。ただし、先に名を言った方だけだ」

その瞬間、女官の方が顔を上げた。

「晋徳妃さまでです！ 晋徳妃さまでです！ 皇后さまの暗殺が失敗したときの手はずも晋徳妃さまのご指示でした。なるべく目立つ場所に簪を置くようにと——」

「お、お前！」

宦官が叫んだ。

「晋徳妃さまのご命令でしたことです！ 第一皇子を太子にするためでした！」

——やっぱり犯人は晋徳妃だったのね……。

晋徳妃は、第一皇子の母。芙蓉が皇太后に会いに来た時、皇后と蔡貴妃、魯淑妃とともにやってきた元踊り子の妃だ。穏やかで人に気を遣う古参の妃——そんな印象だったが、彼女が犯人であるのは納得だ。これで第一皇子も完全に黒ということになる。

芙蓉は言う。

「皇太后さま、一刻も早く晋徳妃をここにお召しください」

芙蓉の訴えに、皇太后は渋い顔をした。

「いや、今は止めておこう」

「どうしてですか⁉　これだけ証拠が揃っているのに！」

「今日は陛下の聖節（たんじょうび）なのは知っておろう？」

そんなこと、芙蓉はすっかり忘れていた。

「今夜の宴（うたげ）が終わってからの方がよい」

——そんな悠長な！

皇太后は茶を飲んだ。宮人が空の色のような美しい青磁の皿に載せた菓子を運んで来て、焦る芙蓉の前にも置く。手を伸ばしかけて、ふと、彼女はそれに見覚えがあることに気づいた。

——碁会の時と同じ糕（こう）だ。

芙蓉はこれが晋徳妃の菓子なら毒があるかもしれないと思った。だから慌てて、皇太后が今にも食べようとしていた菓子を奪った。

「お待ちください」

「うん？　どうかしたのか？」

「これは晋徳妃からのものでしょう？　毒が入っているかもしれません」

皇太后がなにを馬鹿なことを言っているのだと芙蓉を見た。

「いや、魯淑妃からじゃ。魯淑妃は保州の出だ。時折、故郷の菓子を作って届けてくれる。なぜ、そんな風に思うのか——」

「…………」

芙蓉は顔を上げた。困惑、迷い、混乱。それが一気に溢れ出て、渦となった。

——今すぐ、蒼君さまに会わなければ！　なにかが間違っている！

芙蓉は初めて自分から旗を赤から青に変えた。

そしていつも蒼君がしていたように楼の欄干にもたれて彼の馬車が現れるのを待つ。今か今かと焦れれば、彼が芙蓉を待っていた時の気持ちがわかり、申し訳なくなる。

未刻を知らせる鐘の音がした時、見慣れた馬車が酒楼の前に停まった。蒼君は人を待たせない。芙蓉は間に合ったと思った。

蒼君の足音が戸の前に止まると芙蓉は自ら戸を引き開けた。

「蒼君さま！」

「どうした？　小響？」

芙蓉は蒼君の腕を摑むと部屋に入れ、左右を確認してから戸を閉める。

「いったい、どうしたんだ、そんなに慌てて」

芙蓉は蒼君を仰ぎ見た。

「僕は推理が間違っていたのではないかと思ったのです」

「推理？」

蒼君は首を傾げる。

「どういうことだ？」

「第一皇子が謀叛（むほん）を企（たくら）んでいるのは動かぬ証拠があります」

「あ、ああ」

「後宮の事件も急に上手（うま）い具合に証拠が揃ったんです」

芙蓉は先ほど起こったことを簡単に説明した。連判状に名前を書いた薛宦官と葉女官を皇太后が呼び出して尋問したこと。簡単に女官が晋徳妃の名を語ったこと。

蒼君が首をひねる。

「それは朗報ではないか？　女官が晋徳妃の仕業だと吐いたなら。それで決まりだろう？　晋徳妃は第一皇子の母だ。皇后と蔡貴妃を邪魔に思って当然だ」

「それがそうではないのかもと僕は思ったんです。聞いたところ、魯淑妃の出身は保州です」

「それが？」

「覚えていらっしゃいますか？　蒼君さまを殺そうとした「乙」の黥（いれずみ）のあった死体の刺客は保州の者でした」

「…………」

蒼君の動きが止まる。まだ、刺客が何者なのか、保州に遣わした蒼君の手の者は摑めていないのだろう。戻ってきたという話は聞かない。

「それに妓楼（ぎろう）の女将（おかみ）にも北方訛（なま）りがありました」

「あ、ああ……多少だったが……」

蒼君は腕を組んだ。出身が同じというだけで疑っていいものかと思っている様子だ。

芙蓉は続ける。

「皇后はなぜ、あの時、毒殺されずに、毒味係だけが死んだのでしょうか」

「それは失敗したからではないか」

「もっと確実な殺し方があったはずです。でも犯人はそれを選ばなかった——」

蒼君が芙蓉を見た。

「狙いは、皇后暗殺ではなかったからです！　つまり犯人が行おうとしていたのは、皇后の暗殺でも、簪のことでもなく、騒ぎそのものだったのではありませんか。つまり——」

その時、勢いよく階段を誰かが走り上がってくるのが聞こえた。李功だ。慌ただしく戸が叩かれた。

「蒼君さま」

「どうした。なにかあったのか」

戸を開くと、李功は軍礼をして頭を下げる。

「保州に調査にやった者が戻ってまいりました」

「なにかわかったか？」

「殺された刺客についていくつかわかりました。刺客の名は荀雲。十五歳で喧嘩の咎で捕まり黥を得、三年軍役をかせられたことが、保州の役所の記録にありました」

芙蓉が尋ねる。

「ならず者なのですか？」

李功は頭を下げた。

「貧しい家の三男で、その後に魯淑妃の実家に奉公に上がったと近所の者が申しておりました」

芙蓉と蒼君は瞠目する。

「魯淑妃の実家の使用人だったんですか」

「はい。武芸に優れていたことを見込まれ、邸で護衛長を務めるほど重用されるまでになったそうですが、二十で故郷の保州を去ったようです」

蒼君が低い声で言った。

「それは確かだろうな」

「は、はい。家族からも確認したとのことです。保州からこの麗京に向かったとのことです」

蒼君と芙蓉は互いを見合った。

李功は続ける。

「手の者は証人に魯淑妃の元家職を連れてまいりました。証言をするはずです」

「しかし――なぜ魯淑妃が関係しているのか……子もいないから、皇嗣争いに加わる理由はないし――」

芙蓉もその通りだと思い直す。

「そうですね……じゃ、たまたまだったってことでしょうか。魯淑妃と晋徳妃は特に仲がいいから」

蒼君が鼻で笑う。

「仲がいい？　後宮で仲がいい者などいない。皆、だまし合いだ」

少し恨みがこもった声だった。でも確かに、芙蓉の祖父も妾(めかけ)を何人か持っているが、妾同士が仲がいいなど、建前でしかないことを彼女も知っている。姐姐(ジェジェ)、妹妹(メイメイ)などと呼び合っても本当の姉妹にはなり得ない。

「証拠は晋徳妃でほぼ揃っている。証言もあり、第一皇子は晋徳妃の息子。母親が息子に協力していたと考えるのが普通だ」

芙蓉は部屋を行ったり来たりしながら考え、足を止めると蒼君を見た。

「でも……皇后を暗殺しようとしていたのは、ある意味、ずさん過ぎました。確実に死ぬように毒をまんべんなく食べ物に入れることもできたのに、そうしなかった。鳳凰の簪を使って皇后と蔡貴妃を反目させ、利益を得るのは晋徳妃だと我々は、導かれたのではありませんか」

「うーん、そんなことをする理由がわからない」

蒼君は扇子の端で自分の肩を叩きながら考える。

「第一王子は母親に唆されて罪を犯したのではなく、実は魯淑妃によってだったのではありませんか――僕にはどうしても魯淑妃が引っかかるんです」

芙蓉は蒼君を見上げた。

「それは憶測にしかすぎないのではないか？」

――その通り……証明する術がない……。

刺客が殺そうとしたのは、蒼君であり、蒼君の暗殺未遂で捕らえることはできても、後宮の事件と結び付けることは難しい。証言をしている葉女官は晋徳妃の仕業だと言っているし、薛宦官は黒幕についてまだ黙秘を続けている。

「引き続き、調べるほかないな。このままでは主犯を捕まえることはできずに下っ端が生贄になって終わってしまう」

「皇太后さまには、皇帝陛下と正式にご相談するのを待ってもらうように頼みます」

「それがいい」

芙蓉はそこまで決まると、ようやく椅子に座って、ぬるくなった茶を飲んだ。

「大丈夫か、小響」

「は、はい……」

「ちゃんと眠っているのか」

蒼君の手が芙蓉の肩に重なり、顔を覗き込んだ。

――ち、近い。

いや、それほどの距離ではなかったかもしれないが、芙蓉には近すぎると感じた。少なくとも、蒼君の長い睫毛が見え、唇から目が離せなくなるほどではあった。

思わず仰け反る芙蓉に、蒼君も慌てて身を離した。

「いや、その……疲れた様子だったから……」

「あ、はい……少し、眠れなくて……」

芙蓉はこんな乙女のような反応ではすぐに男ではないと知られてしまうと思ってドキドキした。蒼君も困惑しているように見えたから、彼女は胸に手を置いて息をついた。

——どうしちゃったんだろう、わたし。

剣を嗜む芙蓉は、邸に寄宿する武官たちとよく手合わせをする。練習に付き合ってくれる剣士たちにこんな風に慌てることなど一度もなかったのに、彼が物腰やわらかな美男であるからか、どうも調子が狂う。

「なにか飲むか」

「いえ……大丈夫です」

蒼君も椅子を引いて席についた。

「菓子で魯淑妃が怪しいと見当をつけるのはなかなかできることではない。手がかりの一つだ」

褒められて、芙蓉は少し顔を赤らめた。

「蒼君さまはお優しいのですね」

「そ、そうか……」

芙蓉は微笑し、瞳を下げた。本心を言えば、蒼君に自分が本当は男ではないことを知ってもらいたかった。

――嘘をついているのは嫌……。

だが女の姿ではこんな風に近づくことはできない。彼は女嫌いであるから、男でないと知れば、すぐに距離を置かれてしまうだろう。しかも、男装で芙蓉は数々の失態をした。妓楼で飲み過ぎて騒いだり、衣橱でかくれたり。女人の名節云々が厳しいこの世の中で、女がそんなことをすれば、蒼君とて呆れかえり、芙蓉を軽蔑するかもしれない。

芙蓉は、葛藤で胸をざわめかせるも、やはり口をつぐみ、少し寂しい心を抱えながら、なんとか笑顔を作った。

「今夜は皇帝陛下の聖節の宴だそうですね」

「華やかなものになるだろうと聞いている」

「蒼君さまもご出席に？」

「末席を汚させていただくことになるだろう。そなたは？」

「さあ。皇太后さま、次第です」

「では後宮に戻らなければな」

「はい。魯淑妃のことも調べなければなりませんし……」

「では、また会おう」

「はい……」

芙蓉は立ち上がって拱手すると、蒼君より先に酒楼を後にした。

馬車に乗り込むと心配顔の蓮蓮がいた。

「どうなりましたか」

「調査は続行。晋徳妃が犯人だという証言は得たけど、わたしはどうも魯淑妃が引っかかるの。どういうことなのか、さっぱりわからない。晋徳妃と魯淑妃の間にどんな因縁があるんだろう。なにかあるはずなのにそれが分からない」

蓮蓮が言いにくそうな顔をする。

「ああ、それは……申し上げていいのか分からないのですが……三十年も前に魯淑妃さまと晋徳妃さまの間でもめ事があったとは聞いたことがあります」

馬車が動き出し、芙蓉は声を潜めた。

「え？　どういうことなの？　三十年？　かなり前の話ね。第一皇子が産まれたころ？」

「はい……でも信憑性があるかはわかりませんわ。仲のいい慶寿殿の女官さまが言っていたのです。魯淑妃さまと晋徳妃さまは同じころに皇子をお産みになったと」

芙蓉は、驚愕に言葉を失い、そしてすぐに前のめりになった。

「本当なの？　詳しく教えて」

蓮蓮が小声になった。

「生まれたのは一日だけ魯淑妃さまの子の方が早かったので本来はその子が第一皇子だ

ったそうですが、晋徳妃が訪れた後、高熱で亡くなったそうです」

蓮蓮は芙蓉が慶寿殿に行く度に女官や宮人たちとおしゃべりをしているので、芙蓉の知らないことまで知っているのだ。

芙蓉はふと恐ろしい仮説を立ててしまった。

「まさか魯淑妃の子を晋徳妃が殺したってことじゃないよね？」

「確証はありませんが、そういう噂です……」

芙蓉は固まった。晋徳妃が魯淑妃の子を殺す理由とはなんだろうか。そして一縷の望みをかけて尋ねる。

「誰か見た人がいるから噂になって話が残っているんでしょう？　それなら、その人から話が聞きたい」

「晋徳妃さまが毒を盛っているのを亡くなった皇子の乳母が見ていたそうです」

芙蓉は証人に会えるのではと期待の眼差しを蓮蓮に向けるが、彼女は力無く首を横に振った。

「残念ながら、その乳母もその数日後には例の井戸の中で死んでいたそうです……」

芙蓉はぶるりと身を震わせた。劉公公の話を思い出したからだ。あの宮人が首を吊った木の側にある井戸で誰かの乳母が死んだと劉公公は確かに言っていた。噂ではなく、本当の話だ。

「それで？　目撃者の乳母が殺されたのに噂になったということは、他にも誰か事実を知っている人がいたというわけよね？」

「はい……殺された乳母から話を聞いた者は三人いたのですが、やはり三人とも不審死したとか」

「じゃ、慶寿殿の女官はだれから聞いたの？」

「その方は当時、魯淑妃さまの居所の隣に住んでいる妃嬪さまに仕えていて噂を聞いたそうです」

「殺された三人の誰かから聞いた人がいたんだ……どんなに口封じしても人の口に戸は立てられぬって言うもの……でも、そんな重要なことがどうして今まで明るみに出なかったんだろう。皇后さまが調査を妨害するとは思えない。だって、出る杭は打ちたがる人だもの」

蓮蓮の声がさらに小さくなって、芙蓉に息がかかるほどまでの距離になった。

「調査をすれば、晋徳妃さまを処分しなければならず、産まれたばかりの第一皇子にも累が及ぶからですわ」

「もしかして、それって皇帝陛下の内意だった？　そういうこと？」

蓮蓮が頷く。

「当時、皇帝陛下は晋徳妃に夢中だったらしいので、陛下も大事にしたくなかったようです」

「今からでも調査すべきよ……」

蓮蓮は首をすくめる。

「三十年も前のこと、今更、調査してもなにも出て来ませんわ。証拠はすべて消されてしまったのでしょうから。残ったのは噂だけ……それさえも今や怪談程度の話題ですわ」

「魯淑妃は調査を求めたでしょうに……陛下は無慈悲よ」

蓮蓮は芙蓉の横の席に移動して続ける。

「それが不思議なことに魯淑妃さま自身が『そんな噂は信じない』とおっしゃって晋徳妃さまを庇(かば)ったそうなんです。その後も魯淑妃さまは第一皇子を我が子同然に可愛がり、第一皇子も実母以上に信頼していらっしゃるとか。ですから、本当かどうかはわかりません」

「どうせ調査しても、皇帝陛下を味方につけた晋徳妃さまには敵(かな)わないのが分かっていたからでしょうね……だからあえて騒ぎ立てなかった。いいえ、騒ぎ立てられなかった……自分の命も危うかった可能性もあった、そうじゃないかな？」

――これで魯淑妃が晋徳妃を恨む理由がわかった……。魯淑妃には十分な動機があったんだ。

「晋徳妃が魯淑妃の子を殺したのは、長子という座を得るためだった……もしくは、競争相手である魯淑妃を蹴落(けお)とすためだった――後宮に急がなきゃ」

芙蓉はそのまま、馬車の中で衣を着替えると後宮に急いだ。

高い赤い壁に挟まれた長い道を進むと後宮がある。一番立派な慶寿殿が皇太后の居所で、次に華やかな建物が皇后の居所、坤寧殿である。後宮妃嬪たちの宮殿はその北側にあり、静かといえば聞こえがいいが、蔡貴妃の居所以外は少し、閑散としていた。それは妃の位にある魯淑妃も晋徳妃も同じだ。

後宮にも、花が咲き始めていた。桃より気の早い梅などは、白い花をつけて満開となっている。芙蓉は慶寿殿への途中、魯淑妃を見かけた。宵の闇に隠れた横顔は美しく、木を見つめている。

「魯淑妃さま」

芙蓉が声をかけると、あちらははっとして魅入っていた木から目を離した。四十半ばを過ぎている人には見えなかった。美しく蛾眉を黛で引き、紅も明るい色をつけている。

「どうかされたのですか」

魯淑妃は少し感傷が滲む目を笑みにかくして、宴のためかまるで花嫁衣装のように赤い衣の袖をさりげなく直す。黄金の歩揺に翡翠の腕輪をし、裾から少し覗く絹の靴には金糸で蓮が刺繍されていた。

「素晴らしい衣ですね。魯淑妃の美しさをさらに引き立てています」

芙蓉はお世辞ではなく言った。魯淑妃もおべっかを感じなかったのか、少し恥ずかしげに団扇で口元を隠した。

「作ったはいいのですが、なかなか着る機会がなかったのです。宴は華やかな方がいい

「宴に花を添えるのは間違いありませんね」

でしょう？　ようやく着る機会を得たのですよ、芙蓉嬢」

芙蓉はそう言ったが、魯淑妃にしては派手すぎると思った。皇后や蔡貴妃に遠慮していつも地味な恰好をしていたのに、皇帝の目を惹くような衣は珍しい。だから芙蓉は思い切って尋ねてみた。

「どうかされたのですか、魯淑妃」

「どうか？」

「この木になにかあるのですか？」

ああ、と魯淑妃は得心した顔になる。

「三十年前に私がここに植えた木なのです」

「まぁ。そうでしたか」

「年月とは早いものですね。芙蓉嬢もあっという間ですわよ」

つぼみの花を愛おしむように魯淑妃はそれに手を掲げ触れた。白い腕が練り絹のように艶やかだ。

「芙蓉嬢も宴に？」

「あ、はい。皇太后さまにお許しを頂こうと思っています」

「それはよかった。楽しみな催しがたくさんあるそうですよ」

意味ありげに言うので、芙蓉は無邪気を装って尋ねてみる。

「どういう催しものでしょうか。奇術などでしょうか」

「踊り子が新しい舞を披露するそうです」

「…………」

「楽しみですわね」

口では褒めていたが、声は踊り子を蔑んで聞こえる。芙蓉は晋徳妃が元踊り子だったことを思い出した。いい感情を晋徳妃に持っていないことを、なぜ今日に限って魯淑妃はあからさまにするのだろうか。

「もう少しですわね」

「なにがですか、魯淑妃さま？」

「花々が一斉に咲き、鳥がさえずる春になるのは——」

魯淑妃は真顔で梅を見つめたかと思うと、一つ咳をしてから芙蓉の方を見て微笑する。芙蓉も笑みを返した。この人が蒼君を殺そうとしたとはとても思えなかった。もしそうなら、なにを隠そうとしたのか。彼が調べていたのは、皇后と蔡貴妃の実家の政治的な動きだったはず。

——そういえば……魯淑妃は蔡貴妃派でとばっちりをうけて皇后派から粛清を受けそうだと言っていた。当然、魯淑妃の周辺のことも調べていたんだ……。

それに危機感を覚えた魯淑妃が蒼君の殺害を命じたとしても不思議はなかった。皇帝からの命令で動いていたことも察したはずだ。魯淑妃は自分の家族や支援者を知られたくなかった——そうに違いない。

——この人はわたしたち皆が思っていたよりずっと賢く、我慢強く、息を潜めてこの後宮で暮らしていたのかもしれない……。

そう思うと彼女の金の指輪や、耳飾りの華やかさが逆に痛々しくも見えた。盛装すればするほど、なぜか余計に悲しく見える。それに魯淑妃は気づいているのだろうか——。

「後宮は美しいところですね」

芙蓉はあえて言ってみた。

「ええ。とても。磨かれた床に黄金色の燭台、翡翠の置物、絹の衣に何人もいる使用人。茶会でもあれば、花々が咲く下で妃嬪たちは集まって話すのですよ」

「楽しそうです」

「ええ……とても」

芙蓉は魯淑妃が失ったという子供のことを尋ねようかと悩んだが、話題が話題だ、とても聞くことはできなかった。

「芙蓉さま！」

後ろから声がした。蓮蓮だ。芙蓉を捜しに来たのだろう。

「蓮蓮」

蓮蓮は魯淑妃にお辞儀をすると、

「皇太后さまがお呼びです」と芙蓉に用件を言った。

　魯淑妃が微笑んで芙蓉を見る。

「では宴の席で」

「はい。お先に失礼いたします」

　芙蓉も拱手すると、再び梅の木を見上げる魯淑妃を残してその場を去った。蓮蓮が小声で聞く。

「あのことをお尋ねになったのですか」

「まさか」

「様子がなにやらおかしくありませんでしたか」

「うん。思い詰めたようだったけど……」

「心配です、皇太后さまに報告した方がよろしいのではありませんか」

「そうする」

　芙蓉は大股で歩き出した。

　嫌な予感がした。

　皇后のように毎日憤懣を発散するような性格ではなく、静かにじっと物事を考える人の方が思い詰めやすい。芙蓉の勘のとおり、もし後宮を混乱に陥らせ、皇后と蔡貴妃を対立させ、わざと晋徳妃に注目を集めたのが魯淑妃なら、子供のことに関する復讐なのかもしれなかった。

「どうしたらいいの……」

――魯淑妃がなにかを企んでいるのなら話を聞いた方がいい……。

芙蓉は歩みを止めて振り返った。が――もうそこに魯淑妃はいなかった。


「もう初更だ。そろそろ宴が始まる」

そう皇太后が言ったのと同時に時を告げる鐘の音が皇宮に響いた。

「そなたを待っていたのだぞ、芙蓉」

「お待たせして申し訳ありません。気になることがありまして」

芙蓉は蒼君を殺そうとした刺客が保州出身で魯淑妃の実家の家人だったことを告げた。

そして魯淑妃の子の事件も。皇太后は少し考えたが、蒼君と意見は同じだ。

「今、問い詰めても、真相は闇の中になる。蒼君の暗殺を命じた証拠はなにもなく、ただ刺客が魯淑妃と関係があるというだけの話だからな。魯淑妃は晋徳妃に陥れられているのかもしれない」

「でも――」

「魯淑妃の子がお産の後にすぐに亡くなったのは、わたくしも覚えておる。だが、それについても今すぐに明らかにはできぬ」

芙蓉は黙った。

「宴が終わった後に陛下と相談しよう。それからでも遅くはあるまい」

「…………」

芙蓉の勘は今すぐに行動を起こすべきだと言っているのに、皇帝の聖節の宴で騒ぎを起こすわけにはいかなかった。

皇太后の言う通り、終わってからにすべきだ。

芙蓉は化粧を蓮蓮に直してもらい、皇太后から拝領した正装に着替えると、行儀見習いで教わった通り、しずしずと皇太后の乗る輿(こし)の後ろを歩く。引きずる裾(すそ)は長く優雅な衣擦(きぬず)れの音がする。手には絹の団扇(うちわ)を持ち、皇太后から借りた髪飾りは金でできた牡丹(ぼたん)だ。

「宴は集英殿(しゅうえいでん)で行われるのですか」

「ああ。慣例でそうなっている」

幸いなことに慶寿殿と集英殿は遠くない。さほど歩くことなく、宴を行うための宮殿の前に着いた。その用途の通り、基壇の上に立つ荘厳な建物で、朱漆に瑠璃(るり)の屋根瓦(やねがわら)、彩色の美しい梁(はり)、儀式用の武具を着込んだ禁軍兵士が立ち並ぶのは、皇帝の威厳を示していた。

中に入れば、柱のみがある広い部屋に西方の赤い絨毯(じゅうたん)が敷かれ、身分の順に座れるように席が設けられていた。

既に音楽は奏でられており、舞姫たちは長い袖(そで)を振って踊っていた。酒が百官に振る舞われて、雉肉(きじにく)など珍しい宮廷料理がところ狭しと配膳(はいぜん)されている真っ最中だ。

上段に皇帝と皇后、皇太后の席があって、妃嬪(ひひん)たちがその下方に座っている。

「芙蓉はこちらに」

皇太后は芙蓉を斜め後ろの丸椅子に控えさせる。芙蓉は絹で出来た団扇で顔を半分隠して座り、あたりを見回した。重臣たちの中には丞相である祖父の姿もあったが、それより気になるのは連判状に名前があった官吏たちだ。

——あの人と、あの人と、あの人……。

芙蓉は目で数え、その人数の多さに改めて驚く。

——第一皇子だわ。

皇子たちは年功序列に座っていた。第一皇子、趙資は皇帝に一番近い席におり、それを不満そうに見ている第二皇子が横にいる。芙蓉とは付き合いのない皇子たちが何人かおり、その同じ並びに見知った顔を見つけた。

——蒼君さま！

濃紺の衣を着て翡翠の小冠で髻を留めていた。静かな瞳で、酒に手もつけずに、楽の音色に耳を傾けている。芙蓉は驚き思わず大きな声を上げてしまった。

「あれは蒼君ではありませんか！　なぜあの席に!?」

皇太后が小声で言った。

「第七皇子の斉王趙蒼炎じゃ」

「皇子!?　わたしは皇子と酒楼やら妓楼やらに行っていたんですか！」

皇子だけでなく、王に冊封されている人物だ。身分高く、誰もがかしずく存在である。

横柄に感じていた彼の態度が、皇子にしては当然なので、急に謙虚なものに感じた。

「第七皇子だなんて一言もおっしゃってくださらなかったではありませんか！」

「しかし、だいたいは見当をつけていただろう？　そなたならできぬはずはない」

確かに宗室の者であることは想像ができた。しかし、皇子たる者が気楽に芙蓉と街を散策してサンザシ飴を買ったり、自ら下町を調査したりしたなどあり得ない。刺客にすらあったのだ。大問題ではないか――。

「まぁ、静かにしておれ」

皇太后はさっと手を振って声が皇帝に聞こえないようにした。が、皇帝は第十二皇子を呼んで、隣の席に座らせ自分の膳から食べ物をやるのに忙しい。

蔡貴妃の自慢げな顔と、皇后の苦虫を嚙み潰したような笑顔はひどく対照的だ。

しかも、挨拶を任された第二皇子が前に出ようとして絨毯でこけた。失笑を買ったままではいい。それに追い打ちをかけるように、

「父上の五十二度目の聖節をお祝いいたします」

と挨拶したから皆が青ざめる。

「五十三度目です……」

後ろに控えていた宦官が囁き、すぐに言い換えるも、芙蓉ですら「あら……」と気の毒にさえ思う。

母親の皇后の面目は丸つぶれ。蔡貴妃が薄ら笑った。だが皇帝は少しだけ眉を寄せる

も、ここは祝いの席だ。咎めることなく第二皇子に杯を掲げて乾杯した。

「父上」

次に出て来たのが第一皇子だ。笑顔をつくり、礼儀正しく前へと進み出た。

芙蓉はあの仮面の男と比べてみた。黒虎王は披風を着ていたからどんな体型だったのかはよくわからないが、背丈は同じくらいだ。黒虎王の声を聞けなかったのが残念でならない。それさえ聞ければ、確信はもっと深まったのに。

「おめでとうございます。心から父上のご長寿をお祈り申し上げます」

こちらは悪くない挨拶だったが、型にはまったありきたりなものだった。誰もが口にする決まり文句である。第二皇子のヘマが目立ったため助けられただけで、ひどく平凡に芙蓉には聞こえたが、晋徳妃は満足顔で息子を眺めていた。

「あの、父上、私から酌をすることをお許し頂けませんか」

第一皇子はおずおずと皇帝に申し出た。

「酌？　ああ、そうせよ。こちらに参れ、資よ」

「御意」

第一皇子が一歩踏み出そうとした時だった。蒼君――いや第七皇子、蒼炎が進み出て跪いて正式な礼をした。

「父上、私からもお祝いの酒を一杯よろしいでしょうか」

「あ？　ああ……」

蒼君にしては目立つ行動なのかもしれない。少し皇帝は驚いた顔をしたが、破顔して手招きをする。蒼君は第一皇子と共に壇上へと上った。

芙蓉は自分だと気づかれないように絹の団扇で半分顔を隠し、皇太后の背後に移る。

「父上」

第一皇子が、白磁の酒壺(さかつぼ)を手に皇帝の方に近づいた。その斜め後ろに蒼君が立っていた。もちろん、芙蓉の存在には気づいていない。ただまっすぐに兄の背を見つめていた。

「父上、今日の日をお祝いして一献」

第一皇子の右手が酒壺からゆっくりと離れた。かと思うと突然、皇帝の卓の下に手を入れる。引き抜いたのは剣だった。そこに隠していたのだ。

第一皇子が剣を掲げた瞬間、「うわっ」と場内に声が上がったが、誰の体もとっさに動かなかった。

「父上！」

唯一動いたのは、蒼君だけだ。後ろから兄に飛びついて、振り下ろされそうになった剣の柄(つか)を摑(つか)んで止めた。

「兄上！」

蒼君は剣を第一皇子から奪おうとしたが、逆に刃がその首筋に向いた。蒼君は兄の脛(すね)を蹴(け)って間合いをとった。

「邪魔をするな！」

第一皇子は叫び、蒼君を襲ってきた。剣が水平に大きく薙いだが、蒼君は体を後ろにそらせてすれすれのところでそれをかわし、次の一手も銀の酒壺で受けて防いだ。そして首筋を狙う刃から身を退って逃れるも数本の髪が切られて、ひらりと宙に舞った。

——今だ！

第一皇子は剣に慣れていない。一瞬の体のぶれを見逃さなかった蒼君は、すかさず軽やかな回し蹴りで兄の顎に一撃を加えた。

しかし、第一皇子の狙いは蒼君ではない。皇帝だ。よろめきながら、痛む顎をさすったかと思うと、皇帝の方へと切っ先を向けた。

「お、おおお」

皇帝は椅子をひっくり返さんばかりの勢いで立ち上がったものの、緊張のあまり、それ以上動けなかった。

第一皇子の剣がさらに振るわれた。

皇帝は一撃をなんとかかわし、外れた剣は卓に並べられたご馳走を叩き斬った。

——まずい！

すぐに切っ先は皇帝の首で止まった。第一皇子は、高々と言った。

「勅書を書け。退位し、私に玉座をゆずると！」

「な、なにを馬鹿なことを！」

皇帝は第十二皇子を背に隠しながら強気に答えたが、言葉の端は震えていた。

「早くしろ。命が惜しければな。もし、すぐにするならば、太上皇として静かに余生を過ごさせてやる！」

禁軍兵士たちが到着した。が、あたりは膠着し、緊張だけが走る。なにしろ、皇帝が人質に取られているのだ。だれも一歩も近づけなかった。

「おい、お前、墨と筆、そして玉璽を取って来い！」

指名された宦官は皇后の顔色を窺い、なんの反応も返って来ないのを見ると仕方なく取りに走る。

「陛下を離しなさい！」

それでも皇后がようやく正気に戻り、横で怒鳴ったが、第一皇子は口を歪めて視線をちらりとそちらに向けただけだ。蔡貴妃は息子の腕をしっかり取って守ることに必死で、皇帝どころではない。

皇太后が一歩前に出かけた。しかし、それより先に蒼君が動いた。兄の右腕を掴み、己の方へと注意を促したのだ。切っ先は皇帝から蒼君に向けられた。

剣がふりかざされる。

蒼君はかろうじて第一皇子の手首を掴んでそれを食い止める。

皇帝が逃げようとしたが、本来君主を守るべき禁軍の兵士――いや、あの顔に傷のある刺客の男が行く手を阻んで通すまいと剣を突きつけた。左右を挟まれ、皇帝は身動きが取れなくなった――。

それでも他の禁軍の武官たちが刺客に挑み、剣と剣が合わさる高い音が広間の天井に響いた。

一方、皇子たちの戦いも終わることがなかった。剣の心得は大したものではなくても、第一皇子には長剣があり、蒼君にあるのは親骨が鉄の扇子だけだ。

剣が大きく振り上げられた瞬間、蒼君は素早く右に避けた。すると剣は柱に食い込み、その隙に蒼君は兄を足蹴りして床に突き飛ばした——が、すぐに第一皇子は立ち上がり、剣を引き抜いたかと思うと、蒼君を相手にせずさっと背を向けて皇帝に一直線に向かって行った。

——まずい！

皇帝と第一皇子を隔てるものは卓一つしかなかった。皇帝は逃げようとするも、大袖が椅子の肘掛けに引っかかり動けない——。

——危ない！

芙蓉は考えるより先に体が動く。あの梁院橋で名もない子供を助けたように、今日は皇帝を助けなければならないと思ったのだ。

「芙蓉！」

皇太后の声が背に聞こえたような気がした。

「殿下！」

芙蓉は手を蒼君に伸ばした。すかさず、蒼君が扇子を投げた。宙に翻ったそれを芙蓉は軽やかに受け止め、両手でしっかりと握って皇帝に向けられた剣を弾いた。そして次の瞬間、不意を突かれて驚いた第一皇子の腕を仕込まれた刃で斬った。

「ううう！」

第一皇子はすぐに足蹴りで芙蓉を突き飛ばしたものの、握っていた剣を床に落とした。それを先に拾った蒼君が、今度は兄の首に刃を当てた。

「観念してください、兄上」

「うっ」

第一皇子は拳を握り締めてその場に崩れ、芙蓉が斬った右腕からはぽたりぽたりと血が落ちた。そして刺客も禁軍の武官たちによって息絶えていた。

「お、お許しください、陛下……」

その場にひれ伏したのは第一皇子の母、晋徳妃だった。彼女は哀れみを誘う涙を見せ、必死の形相で床に頭をこすりつけて詫びた。

「息子は……息子は……突然の乱心でございます。どうか、病でございますのでお許しくださいませ……」

皇后が鼻を鳴らした。

その横に立つ皇太后は静かに懐にあった巻物を蒼君に渡す。

蒼君はそれを両手で受け取ると、宦官に広げるように命じた。

「連判状です」

「どういうことだ……」

皇帝が宦官に支えられていた体を立て直し、その巻物に載った名前を一人ずつ見ていくと、みるみると顔の色が変わる。

「なんだこれは……」

蒼君が答えた。

「兄上を皇嗣の座につけることに協力していた者の名前です」

「……賚、どういうことか説明してみろ」

第一皇子が悔しげに言った。

「……皇嗣の座は長子たる私のものです——当然のことをなぜ父上はお認めにならないのですか！」

「なんとおろかな……それで徒党を組み、皇位を狙ったというのか！」

晋徳妃が進み出る。

「どうか、お許しを。こんなことをする子ではありません」

晋徳妃は皇帝の裾にすがりついて許しを請うた。その姿は哀れなほどで、皇帝の心も揺らぎそうになっているのが見てとれた。元来、優しい性格でことなかれ主義であるこの君主は、酒による乱心と片づけた方がいいのではないかと考え始めているようだった。

「厳罰に処すべきです！」

しかし、皇后が前に進み出て断固として言った。

「晋徳妃、そなたは鳳凰の簪の事件を使い、後宮で妾と蔡貴妃との不仲を煽っていたのであろう！　そうやって漁夫の利を得て息子を皇太子にしようとしていたのではないか！」

晋徳妃が悲鳴のような金切り声を上げた。

「なんの証拠があってそのようなことを！　皇后さまといえども許せないお言葉です！」

宦官が暴れそうになった晋徳妃の腕を両側から取り座らせる。すると皇太后が袖から手を取りだして、劉公公を手招きした。皇后付きの薛宦官と蔡貴妃付きの葉女官が縛られたまま連れて来られた。

「陛下。宴の後にお話ししようと思っておりましたが、この二人が晋徳妃の指示で間諜として働き、皇后と蔡貴妃を陥れようと働いていたことが判明いたしました。それは、葉女官の自白により明らかです」

「そなた！　妾を裏切っていたのか！」

皇后は薛宦官を叩こうとして周囲に止められる。

蔡貴妃もまた、まさか自分が信用していた葉女官に裏切られていたとは思わなかったのだろう。真っ青な顔で斜め上からにらみつけた。

皇帝はかつて寵愛した晋徳妃に問う。

「なにゆえ、こんなことを起こそうと思ったのだ！　答えよ、徳妃よ！」

「わたくし、なにも知りません……本当です……」

皇帝は第一皇子を見た。

「母親に唆されたのか!?　母親に長子こそが皇位に就くべきだと言われたのか！」

第一皇子は必死に首を横に振った。

「母上は関係ありません。私の一存です！」

「一存？　そなたにこれだけの仲間を集めるほどの力があったとは思えぬ」

「…………」

「そなた一人の仕業ではないだろう。誰が手を貸した!?　誰だ！　名乗りを上げよ！」

第一皇子はゆっくりと薛宦官を見た。彼は横に小さく首を振った。まだなにも言っていないという意思表示であり、言ってはならないという顔だ。

「誰にせよ、許さぬ！　名乗りを上げよ！　さもなくば九族皆殺しだぞ！」

皇帝の大きな声が広間にこだまする。官吏たちはたちどころに額ずいた。連判状に名前のある高官は特に額を床から離せずに背を丸める。

――皇帝は優しい。第一皇子を庇うために、唆した人物を首謀者としようとしている……。

芙蓉は親心を感じつつ、この状況でまだ第一皇子を庇うことは不適切ではないかと思った。

その時だ。

部屋の静寂を破るように女の笑い声がした。腹から笑い転げる、そんな声だった。

「淑妃……なにを笑っている。乱心したのか……」

皇帝が戸惑いつつ尋ねれば、彼女は笑いすぎて涙のにじんだ目尻を袖で拭いた。酔ったような足取りで壇上へと一歩一歩と上がってきて、第一皇子と慈悲を乞う晋徳妃を指差した。

「まったく茶番ですわ！」

「……茶番？」

「陛下はこれだけのことを第一皇子がしでかしたのに許そうとなさっている」

誰もが理解できずに瞬きをした。

「許そうとなさっている！」

笑い声は止まり、魯淑妃は無礼にも皇帝の目を見て言った。

「国の転覆を試み、皇帝陛下を弑しようとした者をお許しになるべきではありません！」

しっかりとした語気だが、魯淑妃の瞳はらんらんとし、正気を失っているようにも見えた。

「謀叛人として第一皇子と晋徳妃を処罰すべきです！」

彼女の声は臣下たちの総意のように広い部屋に響いたが、第一皇子は母の名が出ると慌てて大きな声で叫んだ。

「父上、母上は関係ありません！　お許しください！」

第一皇子は這いつくばると、叩頭した。

「説明せよ、趙資。なにゆえにこんなことを思いついたのだ」

第一皇子は唇を嚙んで拳を握った。が、すぐに顔を上げて訴えた。

「ち、父上。私に官吏を紹介したのは、魯淑妃です！」

――やっぱり……。

芙蓉は納得する。お膳立てしたのはすべて魯淑妃だったのだ。

皇帝が薛宦官を指差した。

「証言せよ」

薛宦官はしばし迷った末に諦めを顔に浮かべて答えた。

「葉女官は嘘をついています。私たちは確かに魯淑妃さまのご命令で動いておりました……魯淑妃さまが、『第一皇子こそ、帝位に就くべき方だから』と――『国の期待を背負っている御方だから』とおっしゃって――」

人々の注目が葉女官に向けられた。

彼女は「ああ……」とだけ言って床に崩れる。

魯淑妃が鼻を鳴らした。

「滑稽ですわ」

彼女は更にからからと声を立てて笑うも、咳き込むので、手巾でしばらく口を覆ってから言った。

「私の息子を殺し平気な顔をして友達面する晋徳妃も、それを隠蔽しようとした陛下も、我関せずで調査を禁じた皇后も、人前で自分の息子を自慢しまくり、人の気持ちを逆なでする蔡貴妃も、みんなこの後宮の操り人形にすぎないのに、まったく気づいていないのですから！」

芙蓉はただ静かに彼女の笑い声を聞いていた。それが悲痛な泣き声であるのは、芙蓉とてわかる。息子を失うも、その理由さえも調査されずにいた悲しみはいかばかりか。後宮では時折、人がふと亡くなる。しかし、それを追及しようとする者はいない。闇から闇へと真相は葬られてしまうのだ。

「魯淑妃さま」

芙蓉は静かに歩みでた。彼女は笑い声を止めて芙蓉を見た。

「では、後宮で起きた皇后暗殺未遂や、簪をつけた宮人の殺人はあなたの仕業だったのですか」

「ええ。そうです。私がさせたことです。騒ぎを起こし、晋徳妃の仕業と仕向けるために。そうすれば、おのずから第一皇子の謀叛が明らかになりますもの。しかし、第一皇子に謀叛を企ませたのは、私ではありませんよ。私はただ、人を紹介してさし上げただけ。野心を抱いたのは第一皇子。失敗したのも第一皇子。そうでしょう？」

第一皇子が野心を抱くように仕向けたのは彼女だろう。彼の取り巻きは甘く囁いたはずだ。『あなたさまの方が太子にふさわしい』と。それだけで、愚かな第一皇子は自分を過信してしまったのだ。魯淑妃は自分の手を汚さずに、事件を起こした。

——それには長い年月にわたる我慢と計画があったのね……。

「私が犯したのは、皇后の宦官を一人毒死させ、蔡貴妃の宮人を一人殺しただけ」

——謀叛人ではないと主張するのね。

皇帝はぶるぶると震えながら、魯淑妃を指差す。

「そ、そなた……なぜ……」

「晋徳妃は私の息子を殺しました。同じ苦しみを味わわせるのは当然でしょう？」

彼女は開き直り、皇帝の席にあった酒をぐいっと飲んだ。

芙蓉はその背に尋ねた。

「なぜ、それをわざわざ告白するのですか」

魯淑妃は自嘲する。

「そうしなければ、私の息子を誰が殺したか明らかにならないからです。闇に葬り去られた可哀想な吾子。その死を明らかにするには、この方法しかないからですわ！」

魯淑妃が震える晋徳妃を指差してさらに言った。

「そしてこのおぞましい後宮の悪習を変えるためです！」

魯淑妃は激しく咳き込み、体をくの字に曲げながら口元を手巾で押さえたが、咳が止まると血を垂らし、紅を差したかのように唇を染めた。すぐに周囲の者が助けようとするも、その手を払って、よろよろと立ち上がり再び声を上げて笑った。

芙蓉はそれで気づいた。魯淑妃のしたかったことは晋徳妃を弾劾する復讐だけではない。この後宮という閉じられた世界の、この濁った空気を一気に放ち、欲にまみれた策略の場所を壊そうとしたのではないか。皇子や妃嬪が殺されてもまるでなかったかのようにする悪習を変えたかったのではないだろうか。あたかも、高い塀を木槌で叩き崩そうとでもするかのように——。

「どうか、息子をお許しください」

晋徳妃がもう一度、皇帝に言った。

「資よ、なにゆえ、そんな口車に乗ったのだ……なぜ、朕を殺そうとなどしたのか」

当然の疑問だ。ここまで準備を重ね、仲間を募っていたのに、なぜ、一人でこんな無謀なことを為したのか——。皇帝の言葉に、禁軍兵士四人に押さえつけられている第一皇子が憎々しく蒼君を睨んで言った。

「連判状を盗まれたのです。公になる前にことに及ばなければならなくなりました」

皇帝は皇太后を見た。なにも聞いてはいなかったから、「なぜ?」と問う目が向けられる。皇太后は吐息のような声を絞り出した。

「連判状は、祝いの席ゆえ、宴の後に渡すつもりだったが、まさか第一皇子がこんな暴挙にでるとは思わなかった……」

皇太后もすぐに話をしなかったことを深く後悔している様子になる。

「なんということだ……」

謀叛が行われた。しかも実の息子に命を狙われたとは――皇帝が呆然とするのもしかたなかった。

「連判状に名前がある者は全員連れて行き、尋問せよ！」

官吏たちは恐れて逃げようとした者もあったが、余すところなく禁軍の兵士たちに問答無用に引きずられて行く。

「お許しください。お許しください！　陛下！　お許しください！」

ここにいた重臣を含む五十人ほどが連れて行かれた。

第一皇子は、拘束されるのを拒もうとし「自分の足で歩ける！」と言って暴れるも連行され、晋徳妃がそれに付き添った。魯淑妃は笑いながら衛兵に囲まれて広間を出ていった。彼女が落とした手巾が赤く血で染まっていた。

部屋は残った重臣たちの囁き声が響き渡っていたが、蒼君が皇帝の前に進み出て拝跪する。

「後宮の宮人の死を追っているうちにこのような事態となりました。報告が遅れましたことを、どうかお許しください」

「……そなたは命を張って朕を助けた。罰するに及ばない」

「感謝いたします、陛下……つきましては今回の事件は謀叛だけに終わらず、多くの不正が『黒虎王』の名前で行われていたと思われます。その調査もまた継続していただきたく――」

「うむ……各署に命じて趙資が行った悪巧みをすべて明らかにするように命じよう」

「皇帝陛下は英明なり」

決まり文句で蒼君が言葉を終えると芙蓉を見た。彼はゆっくりと近づき、芙蓉に手を差し出した。

「お怪我はありませんか」

「…………」

「あなたがいなければ大変なことになっていました。正直、助かりました」

丁寧な言葉遣い。優しい視線。

芙蓉は落ちている団扇(うちわ)を拾うと、急いで顔を半分隠し不安になった。

――もしかして、わたしが小響だって気づいた？

どきどきと胸が鳴った。完璧(かんぺき)な令嬢の姿で、化粧もばっちりとしているから、わからないと自信があったが、毎日のように素顔で顔を合わせていたのだ。バレる可能性は十分あった。

芙蓉は親骨が鉄でできた仕込み扇子を無言で蒼君に返した。蒼君は丁寧に両手で受け取った。

「ご助力感謝いたします」

――わたしだってわかっていない？

芙蓉はほっと息をついて、皇太后が座っていた椅子の肘掛(ひじか)けを握る。ただ、皇帝のみが芙蓉を見た。

「よし！　芙蓉は我が命を救った。褒美を授けよう」

芙蓉は慌てて跪く。

「か、感謝いたします、陛下」

広い集英殿は急に静かになった。皇帝が退出し、残された官吏たちもそれぞれ言葉少なめに広間を後にしていった。床に楽器や、舞姫が忘れていった披帛、官吏の靴や笏が落ちている。その中で第一皇子が落とした剣だけが、まだ敵意の余韻を残しているかのように光り輝いているのを見ると、芙蓉はなぜか一人胸が痛んだ。


後日──。

皇帝から特にお褒めの言葉と約束の金、ご褒美の装飾品を山のように下賜された芙蓉は、麗京の古地図を買い求めて細かな昔の道を覚えるのを楽しんでいたが──酒楼の旗が青に変わり、再び男装すると、小響として蒼君と会わざるを得なくなってしまった。

──バレていたらどうしよう。丞相の孫が男装して妓楼に行ったりしていたなんて知られてしまったら……。

しかし──、

「久しいな」

酒楼の前で待ち合わせしていた蒼君は小響が芙蓉だとやはり気づいていないのか、今日はあの謀叛の日のように丁寧な言葉遣いではなく、親しげな彼らしい話し方で芙蓉を馬車の帳をめくって迎えた。

「お久しぶりです」

「皇宮であったことは聞いたか」

「はい……大変なことが起こった……らしいですね……」

「ああ。小響がいなくてよかった。怪我をしたら大変だからな」

「え、ええ……」

本当は腹を蹴られ青あざになっていてひどく痛むが、芙蓉はそんなそぶりは見せないことにする。自分が司馬芙蓉だとバレたらいけない。

「あの……今日はそれでどこへ？」

二人が乗った馬車は御街を南下し、朱雀門を経て外城へと向かうようだ。ここを真っ直ぐいけば麗京を囲む外城の南門、南薫門に到る。南薫門を出れば、そこはもう都ではない。

「南薫門へと行く」

——やっぱり。

「そこになにがあるのですか」

「今日は第一皇子……いや、すでに庶民に落とされて称号を剝奪されたから、ただの趙資が微州に流される日だ」

徽州は南の内陸である。皇子として生まれ育った人が鄙で囚人として暮らして行けるのかわからないが、臣下たちはことごとく死罪を奏上したにもかかわらず、賜死ではなく、流刑にしたのは皇帝の息子へのやさしさだということはわかる。

「魯淑妃はどうなるか知っているか」

　魯淑妃の処罰は皇太后が決める。まだ公にはされておらず、外部に知らされてはいなかった。芙蓉は首を振りながら答えた。

「永久に後宮の冷宮に幽閉と決まりました。自分はなにもしていないと言っていますが、結局、第一皇子を黒虎王とするために人を集め、紹介したのは、魯淑妃ですし、幼い頃から耳元で『長子のあなたこそ皇帝にふさわしいのですよ』と囁いて唆していたそうです。それで第一皇子も、自分こそが皇位を継ぐべきだと不満を抱くようになったようです」

「唆したのは罪に問えないとしても、魯淑妃の皇后暗殺は未遂とはいえ事実だ」

「ですから、幽閉は致し方ありません」

　これは一見、優雅な囚人であるが、実際には人に会うこともなく、灯りにも衣服にも事欠く惨めで暗い人生が待っていることを意味した。だが、本人は覚悟の上でしたことだ。悔いてはいないと皇太后に言ったらしい。

「冷宮か――誇り高い後宮の妃嬪には辛い処置だな。案外、白布か毒を賜った方が楽だったかもしれない」

白布はそれで首を吊ることを命じられることを意味した。白布にしろ毒にしろ、芙蓉はどう答えていいのかわからなかった。

「どうやら、病でそれほど長くないらしいんです」

芙蓉は魯淑妃が吐血していたことを告げた。

「魯淑妃は自分の命が短いことを悟ると、その目で結末を見るために計画を急がなければならず、連判状を奪われたのを理由に、第一皇子にたとえ一人でも今、行動に移すべきだと説得したようです。だから第一皇子もあんな暴挙に出たというわけです」

「おかげで、魯淑妃の復讐は完結したというわけだ」

「わざわざ自白したのもそれが一因のようです」

蒼君はさらに尋ねた。

「では晋徳妃は？　息子が謀叛の罪を犯したのだ。ただでは済まないだろう？」

「道観に入るとのことです」

晋徳妃は魯淑妃の息子を殺したことを認めた。

道観で辛い修行を生涯させられるのは、冷宮に閉じ込められる以上にきついことかもしれない。二人の処分に関して、芙蓉はどうこう皇太后に言える立場になかった。

「で、僕たちは、今から流刑になる第一皇子を見送りにいくのですか」

「主命だ——罪人が確かに麗京を去ったか確認するように命じられた」

——兄弟だもの。気が進まない勅命でしょうね。だから、わたしを誘った——そうでしょ？　蒼君さま？

芙蓉の優しい視線に、蒼君はわざと咳払いをして顔を背けた。そして急いで話題を変える。芙蓉の褒美の件だ。

「それで？　科挙の問題は解かせてもらえたのか」

芙蓉はそれに少しばつの悪そうな顔で苦笑し、肩を落とした。

「結果は不合格でした」

「不合格？　そなたほどの秀才が？」

「僕が得意なのは雑学で、科目の経義、論、策の三つのうち、暗記科目の経義は通ったのですが、論と策がイマイチで落第だそうです」

「論と策？」

「歴史に関する論文も時事問題に関する献策も理想論にしか過ぎないとのこと。もっと実現可能な案を出すべきだという評価でした。蒼君さまのご指摘の通りでした。僕の勉強不足です」

蒼君が微笑んだ。

「理想論こそが小響のよいところではないか。現実的なことならだれでも思いつくし、やれる。でも、理想的なことをやろうとするのは、小響くらいだ」

「そうでしょうか」

「自信を持て。俺なら合格させていただろう」

皆が芙蓉に「やっぱり言った通り落ちた」と笑ったのに、蒼君はそうでなかった。

「また三年後に挑戦すればいい」

「……挑戦できるでしょうか……」

「ああ、小響。自分らしく生きることだ。お前ならなんでもできる」

芙蓉はこみ上げるものを堪えるため、きゅっと口をつぐんで頷いた。今回の事件を通じて、周囲の目を気にせず学問をしてきたことを本当によかったと思った。皇太后や蒼君の役に少しでも立てただけでなく、小響自身、多くの現実の世界を見、学ぶことができたのだから。

「そうですね……きっと僕はなんだってできるんですよね。その気にさえなれば」

「ああ、そうだ。その意気だよ、小響」

「ありがとうございます。試験はダメでしたが、蒼君さまのおかげで少し前進できた気がします」

「俺も小響と出会えてよかった。世の中は悪意ばかりだと思っていたが、そうではないことを知ったよ」

二人は微笑した。出会いはイマイチだったが、よい相棒となった。

そして、二人は南薫門に着いた。門の前まで行くと、蒼君が先に席を立って馬車から降りた。葉を落とした柳や楡の木が道に並び、風が吹き通る度に枝が揺れた。

門の前には既に罪人を見物しようとたくさんの人が溢れていて、芙蓉の心は複雑になる。

蒼君は芙蓉の方を見ることなく、呟くように言った。

「第一皇子は、自分が黒虎王であることを自白し、都で起こっていた数々の事件に関わっていたことも自供した」

蒼君は苦しげだった。

「黒虎王が犯した罪は、人さらい、人身売買、殺人、地上げ、脅迫、詐欺、強盗、挙げたらきりがない。巨大な犯罪組織だった。ならず者から官吏、地方官、宮廷の宦官、はてはどこにでもいる庶民まで関わって、無辜の民から搾取していたんだ。邸からも多額の金子が発見された。闇はまだまだ深い。調査は長くかかるだろう」

「そうでしたか……」

「来た」

蒼君が言った。

百人ばかりの兵士に警護されたその馬車には窓がなかった。けものを運ぶような柵の荷車でなかったのはほっとするが、真っ暗な中、遠く微州まで行かなければならないのは気持ちの上でつらいはずだ。

――さようなら。

芙蓉は言葉にはしないまま、馬車に声をかけた。

「出ていけ！　罪人め！」

しかし集まった野次馬は馬車に石をなげ、国と役人に対する鬱憤を晴らしていた。

そんな中で、蒼君だけが馬車に向かって礼をした
第一皇子を乗せた馬車はゆっくりと門をくぐって行く。

芙蓉たちはそれを見つめ、帰らぬ人を見送るが、やがて朱色の厚い二重の門が兵士たちによって押し閉じられると、門に背を向けるしかなかった。芙蓉たちは名残惜しいが、そうしなければ馬車の残した車輪の跡が風で消えるまでずっと立ち尽くしていそうだった。

「行こう」

吹っ切るように蒼君が歩き出した。

帰る野次馬たちの波に押されるように二人は門前を離れる。

季節はすでに春本番。東風がやわらかく吹き、城外から飛ばされたのか桃の花片がはらりはらりと飛んでいた。蒼君が穏やかな声で言った。

「さて、今日は相国寺の市の日だな。見に行ってみようか」

「いいですね!」

蒼君は微笑し、芙蓉は小走りになる。群衆もまたぞろぞろとそれぞれの日常へと戻っていった。

芙蓉は、春に流れる雲を見上げた。天の澄んだ青色に新しい季節を感じて心が軽くなる。

「さあ、行こう」

「待ってください、蒼君さま！」

人混みに揉まれる二人の横を強い伽羅の薫りがふわりと通り過ぎ、蒼君がはっと振り返った。芙蓉はその視線につられて後ろを見るも、そこには誰もいなかった。

参考文献

「北宋东京城建筑复原研究」浙江工商大学出版社　张驭寰
「『清明上河図』をよむ」勉誠出版　伊原弘
「五代と宋の興亡」講談社学術文庫　周藤吉之、中嶋敏
「中国開封の生活と歳時　描かれた宋代の都市生活」山川出版社　伊原弘
「中国近世の百万都市　モンゴル襲来前夜の杭州」平凡社　J.ジェルネ著　栗本一男訳
「中華料理の文化史」ちくま文庫　張競
「夢粱録　南宋臨安繁昌記　1、2、3」東洋文庫　呉自牧著　梅原郁訳注
「東京夢華録　宋代の都市と生活」東洋文庫　孟元老著　入矢義高、梅原郁訳注
「宋代中国都市の形態と構造」勉誠出版　伊原弘
「孟子」講談社学術文庫　貝塚茂樹
「唐宋時代刑罰制度の研究」京都大学学術出版会　辻正博
「中国の服飾史入門　古代から近現代まで」マール社　劉永華著　古田真一、栗城延江訳

本書は書き下ろしです。

男装の華は後宮を駆ける

鳳凰の簪

朝田小夏

令和6年 1月25日　初版発行

発行者●山下直久

発行●株式会社KADOKAWA
〒102-8177　東京都千代田区富士見2-13-3
電話　0570-002-301(ナビダイヤル)

角川文庫 23995

印刷所●株式会社暁印刷
製本所●本間製本株式会社

表紙画●和田三造

ISBN 978-4-04-114411-4　C0193

◇◇◇